MY YOUTH   MY GOLF

我的少年 我的高尔夫

武 帅 编著

中国言实出版社

图书在版编目(CIP)数据

我的少年 我的高尔夫/武帅编著.
—北京：中国言实出版社，2012.12
ISBN 978-7-5171-0045-4

Ⅰ.①我…
Ⅱ.①武…
Ⅲ.①社会团体—管理—研究—国外
Ⅳ.①C912.2

中国版本图书馆CIP数据核字（2012）第033661号

责任编辑：河流

出版发行 **中国言实出版社**

地　　址：北京市朝阳区北苑路180号加利大厦5号楼105室
邮　　编：100101
电　　话：64924716（发行部）　64924735（邮　购）
　　　　　64924880（总编室）　64890042（编辑部）
网　　址：www.zgyscbs.cn
E-mail：zgyscbs@263.net

经　　销 新华书店
印　　刷 北京强华印刷厂
版　　次 2012年12月第1版　2012年12月第1次印刷
规　　格 700毫米×1000毫米　1/16　19印张
字　　数 200千字
定　　价 48.00元　　ISBN 978-7-5171-0045-4

献给亲爱的爸爸妈妈
是您们的爱给我支持

目 录

CONTENTS

第四篇　爸妈嘱托 / 237

后　记 / 269

青春如歌

　　前年，应邀为武帅的爷爷武金琢老师的新书作序，当时我诚惶诚恐，至今心有余悸。去年，为武帅的爸爸武国胜的新书作序，我忐忑不安，压力甚大。如今，为武帅的书作序，我是喜出望外，情不自禁。不同的心态，反应着我不同的感受：金琢老师是文章大家，著作等身，为其作序难免有班门弄斧之嫌，紧张、心虚也就自在情理之中了。国胜和我同在总部机关，我深知他文韬武略，有荷戈顾曲之才，为其作序自然是顾虑重重。武帅虽然小有名气，但毕竟是小字辈，为他作序起码有年龄、辈分和心理上的优势，固然轻松自如许多。一个人能为祖孙三代的作品作序那是幸运的，而一个家庭祖孙三代接连出书，那就是不同凡响了。在这里，我要为这个卓越、优秀的家庭喝彩、道喜、祝福！

为晚辈作序尽管没有多大压力，但也不能过于随便。为此，我认真阅读了武帅的全部书稿，并查阅了相关资料。武帅的经历和成就早已见诸各种报端媒体，无需赘言。对于高尔夫我是门外汉，没有发言权，所谓序言，也只能是就事论事地谈点个人感受。这本书集媒体报道、家庭通信、心得体会、日记写作于一体，内容丰富，真切生动，读来令人回味。就我个人而言，更偏爱心得体会和日记写作部分。字里行间充满阳光、充满朝气，给人以清纯、亮丽、活泼之感。常言说，"黄金买骏马，无处买青春"。我想，这就是青春！青春如歌，我们应该为青春歌唱！

武帅是因高尔夫远赴大洋彼岸的，但他4年来的收获，已远远超出高尔夫本身。从他的书中可以发现，无论面对什么境况，武帅都能淡然处置，相当得体。社交中，他懂得礼让，懂得女士优先，小小年纪，一派绅士风度；球场上，他严于律己，恪守规则，完全是职业高手的风范；夺冠后，绝少少年得志的轻狂，每每保持王者风采；特别是他时时不忘感恩，感恩时代，感恩亲人，感恩老师，感恩同学和朋友。绅士风度、规则意识、感恩情怀……对于这些我们曾经陌生的词汇，我觉得不能简单地用西方文化、东方文化去界定和区分，这应该是人类共有的文明，具有永恒的人文价值。对此，武帅不仅有着深刻的理解，而且付诸行动。这表明他不仅在高尔夫事业上获得了巨大成功，在人格的成长方面更是向前迈出了大大的一步。

任何成功都不是偶然的。对于武帅的成长和成功，他爷爷武金琢先生从哲学的角度归纳为：天赋、勤奋、机遇。而他爸爸武国胜用军事化的语言总结为：严格要求、严格训练。我认为他们说得都很精准、到位。我与武金琢老师是忘年之交，与国胜是多年的好友，对他们父子的人品、素养、能力我是由衷地敬重和钦佩。很显然，在武帅的血脉之中，承载了父辈延续下来的风骨与人格，以及由知识与学养淬炼出的对正义、文明的不懈追求。从这一点上说，19岁的武帅能够如此优秀，就有了某种必然性。由此我就想，每个人不一定都去当贵族，但每个人都应该有家教、有修养，应该去追求有品位、有质量的人生。

客观地讲，眼下，武帅的文字功力还没有他的球技那样高超、老道，但读他的文章我经常会有一种莫名地感动，有时甚至泪眼蒙眬。我这不是伤感，不是自作多情，而是对青春的眷恋，对往事的钩沉，对人生的感慨。"人间只道黄金贵，不问天公买少年。"通过武帅的文章我找回了些许遥远的青春，尽管人不再青春，但不影响我对青春的歌唱！ 在武帅的日记里，或多或少流露出思念的心绪，对此我是非常理解的，因为我也是很小就离家远行。我深深体会到，走得太远的最大代价就是思念，而思念又是如此地会见缝插针。亲情、友情、乡情，正是在常年累月的思念中不断加深、强化的。可喜的是，武帅没有让思念成为羁绊和负担，而是把思念变为思考，用最清澈的眼睛去观察，用最纯洁的心灵去感受，用不懈的努力去实现理想。看武帅的文字，有时我也会静静地思忖。他在《快乐生活》中有这样一段内心独白："在我们努力追求成功的时候，能不能稍稍减缓速度，驻足观望片刻，欣赏一下路上的风景呢？人生的美丽不在梦想的彼岸，流淌的每一条溪流、枝头的每一片树叶、路边的一朵无名小花，都会让我们感动。"读到这里，我就情不自禁地扪心自问：你有多久没有驻足观望了？是不是因为一路风风雨雨，而忘却了天边的彩虹？是不是因为行色匆匆，而忽视了沿路的风景？武帅在竞争激烈的球场上依然保持着一颗从容淡然的心，真是难能可贵，令我辈汗颜。

自古英雄出少年。古往今来，有多少仁人志士为青春而放声讴歌？有多少翩翩少年因青春而踌躇满志？人们赞美青春、迷恋青春，因为青春不只是咖啡馆、迪斯科，青春也不只是18岁，青春是一首诗，青春是一曲歌。真正的青春应该有目标、有动力，应该学会掌握方向，因为在未来的航道上，罗盘不会说谎。

武帅是幸运的，他人生的航船已进入了一个宽阔坦荡的航道，并牢牢把握着正确的方向。不过，酸甜苦辣虽然不是生活的追求，但一定是生活的全部。未来的路还很长很长，在漫长的人生道路上，也许我没有能力为小帅锦上添花，但我会为之振臂高呼、摇旗呐喊：孩子，加油！

林高俊

2011年10月28日于北京

序 二

我心中的一颗希望之星

1992年8月13日上午11时许，我终于盼来了大儿子从北京打来的电话，他高兴地告诉我，儿媳已经分娩，生了一个男孩，并让我起个名子。听到这一消息，我高兴得几乎跳起来。

我迅速地将这一喜讯告诉老父亲，老人家兴奋不已，并且叮嘱我给孩子取名叫"四辈"。我非常理解老人家的心情，因为这意味着全家人已经四世同堂。

为给刚出生的孙子起名，我还真是费了一番脑筋。我经过认真思考，考虑到在当前这个知识年代里，"四辈"这个名字似乎俗了一些，但老人家的意愿又难违。想来想去，一个寓意深刻的名字"林林"便浮现在我的脑海里。取名"林林"，

其中有三个含义：一是"林林"由4个木字组成，象征着小孙子的出生是四世同堂中的第四辈，这体现了老人家的意愿；二是"林"是树的集合体，希望小孙子能够成长为武氏林中的一颗参天大树；三是树木在自然界中是最有生命力的，取名"林林"也包含着对武氏家族人丁兴旺的寄托。想好这个名字后，我很快与老人家进行了沟通，他高兴地答应了。在北京伺候儿媳的老伴，以及儿子、儿媳也都同意了我的想法。接着，儿子儿媳又共同为林林起了个学名叫武帅，其想法不仅是希望他长的帅气，而且他在家中是长孙，希望他在同辈人中能发挥表率作用。对他们这种充满希望的思考我表示赞同。就这样，在北京市户籍薄上，又增加了"武帅"这个名字。

小帅的降生给全家人带来了欢乐，同时全家人对小帅也充满了希望。随着小帅一天天长大，我开始思考着在他成长的过程中，我作为爷爷如何尽到一份应尽的责任。

在自己成长和观察别人成长的过程中，我逐渐悟出了人能成才不可缺少的三大要素，这就是天赋、勤奋、机遇。天赋是一个人的聪明程度，往往是天生就有的，是人生成长的最基础条件。勤奋是在成长过程中的刻苦程度，是人能成才的必由之路。天赋只有通过勤奋才能得到充分的发挥。机遇是人生成长中遇到的一些有利条件，即使一个人的天赋再好再勤奋，如果没有一定的机遇，其才能也难以得到发挥，这也是历史上一些志士仁人发出"怀才不遇"长叹的主要原因。我想，小帅的成长也离不开这三个要素。于是，我协助儿子儿媳用这三个要素观察、引导和谋划小帅的成长。

我开始观察小帅的天赋。每年过春节，儿子儿媳就带着小帅回沧州过年，有时候我和老伴也到北京看望孙子，这些时候是我与小帅近距离接触的机会。我发现，小帅非常聪明伶俐、活泼可爱。我经常提问他一些问题，他都是从容不迫地进行回答。儿子儿媳为了开发他的智力，让他在幼儿园时就开始学画画、学弹琴，小帅还真是学啥会啥，仅两年的时间，电子琴弹奏水平就达到了九级，将一些外国名曲弹奏得自然如流。7岁时他进入北京师范大学实验小学开始读书学习，学习成绩在班里一直名列前茅，还当上了班长。有一年暑假，他跟着他爸爸妈妈回沧州，我看了他写的一篇《随爸爸游十三陵水库》的日记，字写得工工整整、苍劲有力，把路上的风景描写得美丽动人，对感情抒发得淋漓尽致。我和儿子都是喜欢搞文字的，我惊叹小帅的血液中流淌着我和儿子在这方面的基因，高兴极了。从那个时候起，我断定小帅是有天赋的，应当好好培养他。

天赋需要和勤奋伴行，勤奋是开启天赋的阀门。儿子儿媳为了让小帅从小养成勤奋好学的习惯，每天的活动日程都安排得满满的，除了让小帅完成学习外，还要安排一些业余活动，让他更多地掌握一些技能。我对儿子儿媳的做法持积极支持的态度。小帅虽然也有不情愿的时候，但一旦做起来就十分认真。他画的画、写的作文、弹奏电子琴都多次得奖。

他在9岁的时候，一个偶然的机会，接触上了高尔夫球运动，就是从那个时候起，他与高尔夫结下了不解之缘。既要学习，又要打球，在时间上往往是很矛盾的，但小帅做到了学习打球两不误，不仅学习成绩在班里一直名列前茅，而且打高尔夫球也很快步入了北京市乃至全国青少年冠军的行列。

我从未接触过高尔夫运动，很难想象打球是个什么样子。有一次我在北京，正赶上他去练习场练球。在练习场上，一个刚满10岁的孩子，一杆又一杆不厌其烦地练习着，看上去是那样的吃力，又是那样的枯燥，1个小时过去了，他练得汗流浃背。在中间休息时，我看了看孩子的手，小手上磨出了一层老茧，摸了摸硬棒棒的。我心疼地问："痛吗？"而小帅乐呵呵地回答："没事，习惯了。"听他爸爸介绍，小帅每天都要坚持不低于1个小时的训练。当时，我被这个孩子的这种刻苦的劲头、超强的毅力感动了，我断定小帅将来是有出息的。

小帅就是靠着自己的刻苦和悟性，在高尔夫球界开创了自己的新天地，他开始走出北京，参加全国青少年高尔夫比赛，然后又走出国门，先后到加拿大、日本、英国、美国等国家参加世界青少年比赛，先后夺得30多个冠军，成了高尔夫界的小名人。

机遇往往会赐给那些既有天赋又勤奋的人，小帅就是其中之一。正是因为他当年有机会跟着爸爸去打高尔夫，才使他与高尔夫结缘，闯进了高雅的高球世界；正是因为在打高尔夫的过程中遇到了那么多好心的人支持相助，才使他得以在高尔夫事业中得到发展；正是因为他有出国打球的机会，才使他被美国的一家高尔夫学院看好，应邀到美国加利福尼亚州洛杉矶读书。但作为一个幼年的孩子，他自己还没有抓住机会的意识和能力，这个时候最需要的是父母的智慧，帮助孩子抓住机会，利用好机遇。

在小帅成长的过程中，我欣喜地看到儿子儿媳在这方面做得非常到位。当他们看到小帅刚一接触高尔夫就那么喜欢、那么投入、那么有天赋，便果断地决定让他练习高尔夫，并希望他打出名堂来。当他们发现小帅被美国一家高尔夫学院看中时，便果断地决定让他到美国去边打球边学习，而且敢于牺牲自己。决定到美国学习时，儿子儿媳曾向我征求意见，虽然有些不放心，舍不得，但考虑到小帅的前途，我还是同意了。在一个春节的晚宴上，我特意向小帅的妈妈敬了一杯酒，对她在小帅身上所做出的努力和付出表示称赞！

就在我写这篇文章的时候，从大洋彼岸的美国传来了好消息，有十几所大学争相招录即将高中毕业的小帅，有的还开出了给全额奖学金的条件。小帅自己选择了既能学习自己爱好的专业知识，又能继续打高尔夫球，而且能获得全额奖学金的美国加利福尼亚大学欧文分校，这是在美国排在前50位的一所名校。此时的小帅已经19岁，日渐成熟，已经有了自己的思想和独立解决问题的能力。他跟他爸爸妈妈说："现在我最喜欢的是学习，坐下来就想看书，我知道在这个知识的时代，有知识才有社会竞争力，读完大学，我还要读研究生。"当我听到这些话时，我对小帅的茁壮成长深感喜悦。

小帅今后的路还很长很长，在成长的过程中还要经过许多艰苦的磨炼。虽然天生伶俐，但天赋还需要进一步开发；虽然已经有了刻苦勤奋的自制能力，但还需要长期坚持不懈；虽然遇到了很多机遇，但以后还有许多机遇要靠自己抓住。我想，进入大学学习将会成为小帅人生中的一个转折点，在告别童年之后，要常用"天赋、勤奋、机遇"引导自己成长，去把握和追求自己的人生。当他自己真正懂得人生成长必备的三大要素时，必将会在精神上实现一个新的飞跃，步入一个新的境界。

小帅是爷爷心中的一颗希望之星，希望他在前进的道路上不断加油！成功一定会属于他的。

武金琢

2011年11月28日于沧州

序 三

用智慧打高尔夫

在优美的钢琴声中，一个健壮质朴的男孩正在演奏一曲西洋名乐，他潇洒自如的神态，音韵的高底起伏，悠闲的华美脉动，深深地吸引了我，他就是我认识的当今活跃在高尔夫球坛上的青少年球手武帅。一个比同龄孩子安静得多，成熟得多，聪明好学，愿意倾听和思考的可爱男孩。

我和武帅的爸爸是多年的好朋友，2001年的五一节，我和几个好朋友打完球后来到北京朝阳区亚运村某餐馆小聚。打球的人在餐桌上没有别的话题，全是满世界的高尔夫感受。一谈起高尔夫我就激情豪放，神经质地滔滔不绝。当时我和几位朋友海阔天空调侃高尔夫，正为对某个高尔夫球技不同的理解

争得面红而赤。此刻,我发现坐在爸爸旁的武帅正瞪着大眼睛看着我们,好像对我们谈论的话题产生了极大兴趣,他仿佛听懂了什么。透过他的目光,我感到高尔夫对他产生了极大的吸引力,他不停地向我问问题,我精神倍增,一一讲解。于是,我们由讨论高尔夫球技问题,转向给这个小朋友介绍高尔夫知识,讲到高尔夫的绿色、阳光、空气、步履,他激动不已。我绘声绘色地讲解,他聚精会神地聆听。看到这个9岁的孩子如此地执著。饭后,我便带他直接去了高尔夫练习场……从那天开始,武帅就踏上了自己的高尔夫人生之路。

善于思考,用头脑、用智慧打球是武帅一大特点。他在国内训练和比赛中不断分析和总结,勤于学习和兼听别人的意见建议,逐步加深了对高尔夫的理解。后来,他走出了国门,走进了高尔夫的王国——美国,在造就世界顶级球星泰格·伍兹的南加利福尼亚州,得到了进一步锻炼和提高,并形成了自己完美的高尔夫理念和训练、比赛方法。

记得2004年的9月,武帅拿到全国青少年高尔夫球锦标赛冠军后的某一天,我邀他打球并又一次交流起来,他阐明了自己对高尔夫的认识,以及很多观点。他认为把高尔夫的理论悟透,不仅需要智慧和境界,还必须付出超长的努力和接受艰苦的磨练,只有达到一定的程度,由量变到质变时,才能把复杂变得简单。我为这个孩子能说出如此的警句而佩服。那时我就深深地感到这个小男孩已经迷上了高尔夫。

我曾给武帅讲过,打高尔夫很像中国民间的一个玩具——

"拨浪鼓"。一根圆木棒顶端有一扁平鼓，鼓的两侧水平挂两根绳，绳的末端有一结，当把圆木柄按正反两方向的顺序旋转时，两根小绳飞转，击打出悦耳的鼓声。木柄旋转得越有韵律、越流畅，鼓就敲打得越响。看到这里，会打高尔夫的人都明白了，我们的双臂就是那两根绳，它们随着双肩而实现两次正反旋转来击球，当旋转有节奏和顺畅时，我们的球就打得质量好而远。高尔夫是旋转运动，两次旋转就完成一次完整的挥杆。武帅很赞称我这个形象比喻，他说他理解并掌握了这个原理。就这样，武帅把复杂的高尔夫给简单化了，使他后来的高尔夫技术日趋稳定，并多次在国内外取得高尔夫球比赛冠军。

武帅是一个品学兼优的学生，他从小学到中学学习成绩一直名列前茅，他属于学什么成什么的小人才。他善于钻研，利用所学的知识研究和领悟高尔夫。他认为高尔夫有别于其他体育运动，就是人不动，球也不动，在非运动状态下挥杆击球，看起来简单做起来难，想打好实不容易。就像中国的太极拳，动静结合，刚柔相济，轻柔中带有强大的力量，并很好地解决了动静之间力道的转换关系，高尔夫理论也有类似的道理。

在武帅的高尔夫世界里，身体稳如磐石，双臂轻松如柳，双肩伴音乐旋转，飞射出的白色小球如同闪电奔向蓝天。当小球飞落到几百码以外的绿茵上的时候，彰显的是他的自信和坚定。武帅曾对我说："打球一定要进入一种境界，球的飞翔是感悟与修炼出来的。"此话让我无言以对，只能增加我对这个少年高尔夫球手的欣赏敬意，我深知他已经走上了一条前途光明的高尔夫大道。

如今的武帅已经是美国加利福尼亚大学的一名大学生，并加入到大学高尔夫球队，在美国大学良好的高尔夫运动体制培养下，我相信武帅的球技会越来越好，我衷心地祝愿武帅能把握住高尔夫精神，走出自己绚丽多姿的高尔夫人生。

金宏伟

2011年12月3日于北京九台庄园

序 四

写给武帅

　　2011年11月26日收到武帅的书稿，当时我们正在海口观澜高尔夫球会，观看梁文冲和张新军征战第56届世界杯高尔夫球比赛。梁文冲已经成了中国著名的高尔夫球员，他的人品和球品都是一流的，更重要的是他有一颗感恩的心。我记得那是在1995年他第一次获得全国青少年冠军时，我为他颁的奖，已经过去10多年了，他总是念念不忘经常提起，对我格外地尊敬。他已是"世界级"的球手了，每次和我交谈，还能虚心听取我的建议，使我非常感动。

　　武帅的书稿中也有一张我为他颁奖的照片，那是2005年武帅参加比赛获得冠军时我们的留影，我在心里默默地祝愿：武帅一定会赶上和超过文冲的！一定会为国争光。

和梁文冲说起武帅，他说："知道他，他很聪明，基础不错，就看他能不能吃苦，能不能坚持了。"

看武帅的书稿，不免穿越时空，翻出21世纪初我的训练笔记和教案。一个纯朴可爱的小男孩浮现在面前。武帅是2001年6月参加北京高尔夫运动学校业余班，开始跟我学打高尔夫球的，每周六、日和寒、暑假的时间训练，每天1个小时，学生最多时达18人。

由于我的教学理念与武帅的家长教育孩子的观念基本一致，所以，武帅走进高尔夫就如鱼得水。比如，我主张学习好要放在首位，然后才是打球好，在训练开始先检查学生的学习情况，学习跟不上就停训。

另外，在训练时我强调，"高尔夫是教不会的，只能学会"。我一个教练教十几个学生，除去按照教学计划循序渐进、启发式教学外，必须充分让学生积极主动去学习，去练习。武帅正是这些学生中最沉稳、最善于动脑、最有自制力的学生，训练时从来都是认真做好一招一式，严格要求自己。无论是技术练习：推杆、切杆、铁杆、木杆的练习，还是素质练习：长跑（耐力练习）、柔韧、协调、力量、速度的练习，武帅都完成得一丝不苟、精益求精，所以他进步很快。2002年2月18日在北京市青少年马年迎春杯赛上，他第一次获得了儿童组冠军，这离他第一次学打球才只有半年多的时间。

武帅的成长离不开大家的帮助。我能教他打高尔夫，多亏金宏伟的推荐，后来北辰高尔夫练习场要拆盖"鸟巢"，我又带他去奥克高尔夫练习场，得到了杨广平先生的大力支持，免费让他练习。在我的记忆中，在国内最后一次见到武帅是2005年6月，在窑上高尔夫球场，天一高尔夫的毕剑萍总经理正带着武帅打球，而时任窑上高尔夫俱乐部总经理的胡正强先生也对武帅开绿灯：免费。感恩吧，武帅。这些好心人都为了什么？他们都是为了中国的高尔夫呀！

2007年听说武帅去美国上学的消息，我们一直在心里默默地祝福他，关注着他的成长。

机会终于来了，2008年10月2日"金泓国际少年英豪高尔夫球赛"举办美国站。我们带领10名国内的青少年选手与在美国读书的武帅、李杜若会合，与美国伯克利大学队进行友谊对抗赛。

两轮比赛中，武帅表现突出，以72杆的成绩取得了中国队的第一名和对抗赛的第二名。此时我想起，送武帅和李杜若回学校时，在去机场的车上，我当着国内全体队员的面，送给他俩一人一张一斤的1966年的全国通用粮票，并且对他们说："你们的父辈供你们上学、供你们打球不容易，这是他们从出生就用，而且用了很多年的，希望你们记住父母亲和长辈们对你的期望。"

我还是以美国之行写给武帅的临别赠言，作为随笔的结束语吧：

孝敬父母——听话

我的少年 我的高尔夫

待人接物——诚信

学习文化——自觉

科学训练——刻苦

目标信仰——坚定

永远祝福你！

赵贻贤

2011年12月9日于北京

第一篇

成长印记

我的名字叫武帅

1992年8月13日上午11点10分，我在北京同仁医院出生，来到这个世界，我出生时重7斤8两。

听爸妈说，我出生后第一个看到我的是妈妈，"两只大大的眼睛看着这个陌生的世界，高高的鼻梁透出一种帅气，非常

3岁的我

的可爱！"奶奶看到我时，心情无比喜悦，50岁当了奶奶，有了长孙，笑得合不拢嘴。爸爸看到我时，高兴地向世界大喊："我有儿子了！"

我的名字是爷爷起的。我的乳名叫林林，大名叫武帅。爷爷说，在我们老家沧州海兴大梨园祖爷爷家的院子中，有一棵特别高大茂盛的椿树，在很远的地方就能看到这棵雄伟和挺拔的树，这棵树是爷爷出生的那年从院子里自己生长出来的，与爷爷同龄，它同我们这个大家族息息相关。爷爷是从那里走出来的，祖爷爷是老革命、老干部，祖爷爷和爷爷都受到过"文化大革命"那场浩劫的冲击和迫害，这棵树的生长与他们的人生经历相似。他们工作顺利、家庭平安时，它就繁华茂盛；他们仕途坎坷、受难时，它就叶黄枯萎。祖爷爷说："这棵树和人一样是通人气的，有灵性的，是我们家族发展的见证。"树

小时候在北京中华民族园

5岁的我

即木，爷爷有了灵感，有了给我起乳名的溯源。

祖爷爷说叫"四辈"吧，爷爷说，新社会要有好听的名字，叫"四辈"有点俗，不如叫"林林"。"林林"，由4个木组成，我是祖爷爷的第四辈长孙，代表着第四代人的出生，也即四世同堂；"林林"，代表着树木的繁多，又是森林的象征，喻意我们这个家族像树林一样繁荣昌盛，后继有人，兴旺发达；"武"姓和"林"字相连组成"武林"，俗话说，"武林出高手"，对我寄予了希望。爷爷希望我长大了有出息、有才干、有能力、有作为，成为社会有用人才。

我的大名叫武帅，"帅"字在《新华字典》中，意思是英俊、潇洒、漂亮，又意：是军队最高的指挥官。"帅"字与"武"姓相配，又有绝妙之处，帅才神气，英俊洒脱，文武双全。我相信所有叫帅名的人，也无法与我们武姓叫帅的相媲

6岁时的我

美，这是我们祖宗的恩赐，我当自豪！当然，我是我们家庭中的第四辈第一人，爷爷是希望我当好第四辈的带头人。

自从我懂事以来，我就以我的名字而自豪和骄傲，用名字的内涵作动力，不断在人生的道路上奋勇前行。

"SARS" 期间，写给妈妈的信

　　2003年，北京的春天美丽宜人，然而，肆虐的"非典(SARS)"给繁荣而美丽的北京带来了巨大的灾难，并且夺走了一些人的生命。北京的中小学被迫停课，学生放假3周。蔓延的疫情，使开学时间一再推迟。为此，国家教委和北京市教委共同开办了"空中课堂"，为中小学生在家学习提供服务。妈妈是医务人员，亲自参加了与"非典"的战斗，受到了全家的支持。我在家十分惦记战斗在"SARS"一线的妈妈，我想念妈妈，于是给妈妈写了一封信。妈妈后来告诉我，看到我的信，她激动地哭了！这封信鼓励了她，使她增添了信心和勇气，在一线忘我工作，安全、圆满地完成了任务！并被大家评为"优秀医务人员"。

亲爱的妈妈：

　　您好！您现在身体好吗？抗击"非典"的工作是不是很忙？但您一定要做好个人防护，多注意休息，留点抵抗力去抗击"非典"。

在北京龙潭湖公园

　　4月29日，您得到了上级的通知，让您去"非典"第一线工作，刚开始，我觉得您去第一线真是太危险了、太倒霉了。医院里有那么多的医务人员，为何偏偏选中了您。大概您是优秀的医务人员吧，可能是因为上级信任您吧，更因为您是一名共产党员吧。但，我还是不想让您去。

　　可是，最近这几天，我在电视上看到，那些医生、护士不怕"非典"，冒着生命的危险，去和"SARS"病毒做斗争，抢救、护理病人。每天给病人吸痰、打针、倒尿盆。甚至一天都顾不上吃饭。我觉得您应该去。如果人人都害怕、往后退缩，那么非典患者就会越来越多，我们人类就会受到极大的侵蚀，后果就会难以设想。

妈妈您放心，我在家里会好好学习，认真完成作业，听爸爸的话。您也不用担心我们的身体，我们每天都会开窗通风、勤洗手、多吃蔬菜的，您也要多保重身体，要有抵抗力，您放心去做您的事吧！

妈妈，您一定要坚守您的岗位，不能退缩。我相信您一定能战胜"SARS"病毒的！

祝您健康！

您的儿子：武帅
2003年5月6日

用微笑面对生活

有时，我们希望航程一帆风顺，却常有狂风巨浪；希望青春永驻，却总有白发银鬓；希望世界和平，却时有分裂战乱；希望……

很多不如意的事情，不是我们希望的希望，生活就是这样，不是按照人们的想象而改变的，这就是现实，但我们必须面对。

不知从何时起，我们又多了许多说不清的怨恨，流传在我们之间。比如怨恨假日太少，怨恨作业太多，怨恨老师太严，怨恨考大学分数太高，怨恨生活节奏太快，怨恨……真让人感叹辛弃疾生不逢时，如果生在当今，我不知道他还会写出那句"少年不识愁滋味，为赋新词强说愁"来吗！

我们生在这个闪电一样快的时代，什么样的时代就会造就什么样的生活，我们为什么去怨恨呢？

面对生活，看看我们知道的那些坚强的人吧！你还会去怨恨吗？

小时候

泰瑞·福克斯是加拿大一名运动员，他在刚刚步入18岁的时候，得了小腿骨癌，经过一场大的手术，他的右腿被截去了三分之二，天塌地陷的噩运，这对一名运动员来说是多么大的打击啊！但他勇敢地面对，没有丧气，没有萎靡不振，而是坚强地用自己残缺的双腿，通过跑步为抗癌事业募捐，快乐地生活，直至生命的最后一息。他的事迹赢得了世界人民的赞扬。

　　小说《钢铁是怎样炼成的》中的保尔，面对困难是那样的顽强，他虽然双目失明，却写出了许多著作，深受世人的敬佩，他是一位多么值得我们学习的人啊！

　　据科学家统计，95%以上的健康人是喜欢微笑的。我们希望有好的生活，让我们放弃怨恨、忧愁，用微笑拥抱生活吧！

　　同学们，从现在起，你、我、他，面对生活让我们微笑吧！让我们笑对人生、笑口常开，不亦乐乎！

　　当我们蓦然回首，我们会发现，乘着微笑的长风，我们已破万里浪！

（小学五年级作文）

美国高尔夫之行

嗨！大家好！我是小会员武帅，上次会刊已报道我赴美参加Callaway世界青少年高尔夫球锦标赛的消息，大家已经熟悉我了吧。这次赴美是我自2001年5月开始学打高尔夫球以来参加的一次最盛大的赛事，也是我长这么大第一次出国。在世界青少年高尔夫球锦标赛开幕的那一天，台湾高尔夫球队同胞打出了所谓的"台湾国旗"，我们奋然抗击，退出了会场和比赛。虽然留下了很多遗憾，但是，那一刻让我永生难忘。后来，我又在The Westin Mission Hills参加了另外一场世界青少年高尔夫球锦标赛，在不熟悉场地的情况下，打进了前10名，赴美对我来说收获很大。球会领导、刘芷均阿姨都很关心我，特别是苏东波叔叔和张金丁伯伯给了我特别关爱，我衷心地谢谢他们。我想通过会刊把赴美期间的感受告诉大家。

2003年6月26日，我和妈妈从北京首都国际机场启程，前往世界青少年高尔夫球锦标赛的举办地——美国西海岸的洛杉矶。一到宾馆，我顾不上倒时差和休息，就迫不及待地让妈

在美国旧金山

　　妈带我去高尔夫球场，想看一看美国的球场和我们的有什么不同，看看PGA球场是个什么样子。赴美前，听说洛杉矶的风景非常美丽，有世界著名的迪斯尼乐园和好莱坞电影城，但这些都没有吸引我，只有球场让我梦寐以求、迫不及待。于是，我展开了比赛前有计划的训练……

　　洛杉矶到处都是高尔夫球场，球场风景宜人，各不相同，有大人用的，也有青少年用的，特别人性化。每一个球场难易程度不同，果领确实比国内的要难，球场内找不到球童，但管理得自然有序。这里有老虎伍兹等职业球手专用的PGA球场，也有众多的公众球场。好多球场都对青少年开放，并给予非常大的优惠。知道我们来自中国，球会和工作人员特别热情。每一个球场都深深地吸引着我。在那里我结识了好多与我同龄的外国小朋友，同他们一起打球、一起交流，增进了友谊。训练期间，我还到橡树谷球场拜见了著名教练汪志毅老师，他百忙中抽出宝贵时间，对我的动作技术和心理素质进行了细致的指导，让我受益匪浅。

比赛期间，我观看了世界级高手的出色表演，也同他们进行了真正的角逐。在美国，高尔夫运动就像我们国家的乒乓球运动一样，非常普及，很多与我同龄的选手，已有五六年的球龄。他们训练电脑化，技术娴熟，参加比赛多，心理素质老练，成绩都很稳定。在比赛中，这些选手出色的表现，紧

在美国南加州比赛获奖

我的少年 我的高尔夫

紧地吸引着我，使我学有所获。但是，我从中也看到，我们与
世界水平的差距并不遥远，这让我对未来充满了十足的信心。
通过这次美国高尔夫之行，在学习参观的宗旨下，我收获很
大，感受很大，信心也很大。请大家相信：今天的努力，一定
会是明天的希望！

（2003年10月）

遇到挫折后

警告：我虽然外表看起来挺爱说话，很开朗。但内心深处的话语，我是很少和别人说的。所以，本文不许他人翻看（除另外两名主课老师），确保个人隐私。

时钟一秒不停地挪动着它那笨重的脚步，面对镜子看到的是一张失意者的愁苦的脸。我几乎绝望了，英语、数学的考试成绩已是如此糟糕，而我近乎用了全部精力来复习的语文，也是我寄予最大希望的一门，那分数，竟然无情地坠落到了历史的最低点！

窗外的雨哗哗地下着，镜中的那张脸开始变得有点模糊了，那时钟仍在拖动着自己的脚步，也拖垮了我最后一道脆弱的心理防线。此时此刻，11点半，一个黑色的11点半！

我原以为一颗12岁孩子的心，可以承受任何的外界压力。记得上次参加世界青少年高尔夫球比赛，在落后3杆还剩3洞的劣势情况下，我竟在最后创造了奇迹，反赢对手2杆。可此时此刻，我的学习成绩却败给了自己。失败，这是弱者选择的结果，也是我……从坚韧的堡垒中流出的"脆弱"，它已经摧垮了这堡垒，如洪水般侵袭我的全身。

眼前的灯仍在颤动，我仿佛看见了什么。噢，一位勇士，一位英雄——科西嘉的勇士拿破仑。他的眼神依然是那么坚定而勇敢。光荣的成功不在于"永不失败"，而在于"屡

在北京上小学时的我

败屡战"！对啊，"生命只有一次，而却是难行的，你必须去征服它！"

我看着表，怎么还是11点半?哦，没电了，可那秒针仍在倔强地跳跃。时间，它永不止步，永不言败。

伯格森说："生命在时间变化中，即在时时地创造。"一次失败怎能改变我创造生命的勇气？不，它永远不能。

镜中的那个人的眼神，此刻有着一种沉毅而坚定的信念。他，扛住了压力；他，战胜了脆弱；他，永不言败。

本篇文章献给给予了我知识及爱的人！

（2004年5月）

我的军训生活

　　学生军训是加强国防教育的有效方式，爸爸告诉我："通过军训可以激发同学们的爱国热情，强健体魄，增强国防意识，树立常备不懈的国防观念。"

　　军训这一天终于到来，8月25日早上，当东方出现鱼肚白的时候，我们怀着激动的心情来到学校，全校师生将集体乘车前往我们向往已久的军营。学校门前十几辆大客车已整装待发，同学们身着军人迷彩服，精神抖擞，意气风发，士气昂扬，好不热闹！

　　我们的车队开动了，我们激动，我们畅谈，我们欣悦，我们飞扬……我们开往军营的车队向着市郊奔驰前行，满眼的绿色环绕在周围，我们迎着白云蓝天心在畅想……

　　在不知不觉中，车队已经来到了军营的大门，此时我看到两位威严的卫兵持枪肃立在大门右侧，另一名卫兵举手敬礼。同学们看到此景，感叹不已："好精神啊！"

　　进入营区，马路两侧是高大挺拔的白杨，在微风的轻拂

我的少年 我的高尔夫

下，不断地向我们点头致意，好象在说："欢迎！欢迎！"我发现这里的营房错落有致，道路整洁干净，士兵们列队行进，整齐划一，军营的环境真是太美了，此时此刻我已陶醉。

军训生活开始了，我被分到了十二班。我们的教官叫严涛，他是山东人，高高的个头，英俊威武。他说话幽默冗长，真像他的名字一样，既严肃认真又滔滔不绝。他在组织我们训练的时候，对我们非常严格，他让我们知道了遵守纪律必须认认真真，来不得半点马虎，不可懈怠。别看他在训练场上对我

参加心理行为训练

们要求那么严格，可是在生活上，他却热情细致、无微不至。他像一个大哥哥一样和我们一起做游戏、打扑克，晚上还替我们盖被子，他给予我们许多关心帮助，让我们既敬仰又感动。

我们严格要求、严格训练，学会了站立、跨立、分列式、正步等队列动作。我们虽然流汗，也流泪，可大家非常刻苦。我们练习队列动作，直练得腿累、脚痛，但我们不怕，咬咬牙，仍是一步一动，反复练习，忘却了什么是苦、什么是累。我们的付出有了收获，通过训练，我们走起路来挺胸抬头，雄赳赳、气昂昂；集体列队，动作一致，整齐划一。教官不断地鼓励和夸奖我们，我们信心十足，不亦乐乎。

我们在训练场上练习得热火朝天，生龙活虎，号子此起彼伏。听！教官在说："挺胸、抬头、收腹！""立正，稍息！"看！一排排整齐的队伍一会儿齐步走，一会儿正步行，整个训练场好不热闹……在队列训练中，最让我们难受的就算是站立了，我们一动也不动，像个雕像似的。可是，太阳公公非要与我们作对，它使出全身的热量，把柳树都晒低头了，柏油马路都快被烤化了。我们满身汗水，就像虫子在身上爬行似的。但是我们站在那里一直坚持到最后，像英雄邱少云一样维护了纪律。当我们站完了的时候，都累成了一滩泥似的了，连走路都不会了。

在军训中，给我印象最深的还有吃饭。吃饭时，不能说一句话，饭堂内鸦雀无声，只听到碗筷的碰撞声。我在家的饭量不算很大，可是在这里，我竟然能吃上两三碗米饭，真是不可思议。

　　虽然军训这么艰苦，但我们得到了充分锻炼，大家士气高涨、精神奋发。我想强大的精神力量是做好一切事情的保证，古代军事家尉缭子说："夫将之所以战者民也，民之所以战者气也。气实则斗，气夺则走。"高涨的士气乃是无价之宝。

　　短短几天的军训生活很快就过去了，在这几天里，我懂得了军人的作风、军人的艰苦，学会了军人的毅力，增强了国防观念。我望着那美丽的军营，依然恋恋不舍。

（2004年暑假）

邂逅温哥华

（2004年7月15日 晴）

7月15日3时30分，我乘坐CA991航班从北京首都机场向加拿大温哥华飞去。

云像受重似的向后奔去，而飞机则快速地向前飞驰。我目不转睛地看着云彩漫漫地飘，在不知不觉中，飞机已经安全到达了温哥华机场。一路上，飞机中的音乐和空姐们的周到服务，使我愉快地度过了这漫长的10个半小时。

此时已是加拿大时间7月15日11时30分，我们乘车来到了我的好友苏东家。我被他家的"豪华别墅"所吸引，他带我参观了他的家后，将我领进了早已给我准备好的房间。

晚饭后，我觉得有点疲倦。因为我为了倒时差，在飞机上没有睡觉。可现在才6点，睡觉又早点。于是我们决定和苏东的二弟，还有一个朋友打一会儿篮球。我们来到苏东家门口的篮球场，我们仨人一组，对打单枪匹马的苏东。苏东先发球，只

与球友苏东、谢智、王曦晨在北京

见他不慌不忙地往前走，开始一点点加速，接着他来了一个转向，他二弟上去一拦让他给闪了个跟头。接着，他又来了一个转向，我跑过去紧急拦截，只见他一个轻巧的转身便把球带了过去，他用右手来了个大力扣篮，球进了。我想："嘿！这小子还挺厉害，单枪匹马也能赢我们，看来功底不错。"于是，我上了我的绝活，我使了个眼色，与他二弟配合，左右进攻。一会儿左边拦截，一会儿右边封锁。但是我俩的实力还是不如他。可不，他那比两根柱子还粗的腿，再加上他那一米八多的个头，谁能把他拦住呢？所以我俩还是以失败告终。

妈妈的喊声使我们的比赛结束。这一天，我感到非常愉快。

（2004年7月16日 晴）

早上醒来，感觉浑身上下轻松多了，好像有使不完的劲，好像有举起千斤巨石的力量。

大约中午10点钟，我和苏东、叶剑威一同来到了Mairtairway球场，走到推杆果岭上开始练习。这里的果岭轧得很实，修理得也很整洁，非常漂亮。当我推出第一个球时，感到异常地快，好像在玻璃上的速度，轻轻用力就会滚得很远，而且不易停住。此时此刻我在想，国外的球场真是与国内的球场不一样，不但果岭维护细腻、品质好，还让人有一种要征服的感觉，非常过瘾。对付与国内速度不同的果岭，我细心地琢磨，认真地体验，很快掌握了规律，直到得心应手。我们练了一会儿，突然苏东提议说："唉！咱们来比一比，谁输了谁请喝饮料。"我俩异口同声地答应了，于是比赛开始了。

第一洞由我先选洞，我选好洞后先推，不知怎的我的心怦怦直跳，还有点紧张。我一推便将球推了出去，只见球缓慢地滚动了起来，接着球便开始加速，只听"当"的一声球直接进洞了，苏东、叶剑威惊奇地大叫起来，我心里激动振奋，精神一下子抖擞起来。接着苏东准备推了，只见他瞄了瞄线，站好位，轻轻一推，小球顺利地进洞了，苏东得意地把球从洞中取出，会心地笑了。下面轮到叶剑威推了，他见我俩都把球推进了，开始有些紧张，看到他握杆的双手有点战战兢兢，反复进

我的少年 我的高尔夫

行了两次站位，好像不太相信自己似的，他准备了半天竟将球推偏了，我们一同发出"嘘"声。

我就这样一连赢了好几个洞，饮料是有人请了，真让我高兴。今天的感觉不错。

突然，叶剑威接到弟弟叶剑峰打来的电话，说他已到温哥华刚下飞机，他也是来加拿大参加高尔夫球比赛的。于是我们赶紧收拾东西，向机场奔去……

这一天我真的好开心，因为我们几个在国内经常参加比赛的好友，没想到能在加拿大见面。

在美国比赛获奖

今天我起得很晚，因为昨天我感觉好像有点疲劳。我拉开窗帘，伸了一下懒腰。"噢！今天的太阳真耀眼，肯定天气很热！"我自言自语道。

吃过早饭，我们便来到准备举办加拿大青少年比赛的球场，和球场联系并确定好了下午2点15分试场时间。为了打好这场比赛，我决定按教练的要求去做，摸清球场地形环境和球道特点，做到知己知彼，不打无准备的仗。我对每一洞的大体情况进行了分析测算，如：在哪几洞争取抓到"鸟"；在哪些洞要保住Par，特别是难度较大的个别洞，不求完美，只求完好；准确掌握好球道距离；充分考虑到障碍物的影响等。我把这一切在球道图上统统给标写了出来，经过细心观察和分析测算，我总结出这个球场的特点是：树多、障碍多，球道窄、长草长，果领小、速度快。

于是我根据这些特点制订了比赛战术，改变了在国内形成的固定方法。应对这个球场，4杆、5杆洞不一定洞洞开球都用木杆，打得准是主要的，有时用铁杆发球更有利，要根据实际情况，打稳定球。上果岭的那一杆要打小些，因为天气太热，果岭的速度太快，要注重落点。特别要注意是：要保持良好的心态，适时调整不利于比赛的想法，不能因一杆失误，就急躁，就气馁，一定保持旺盛的斗志和积极向上的情绪，稳扎稳打。还有，在推杆时一定要观察果岭的草纹变化，要按草纹线推球，保证小球按照设计的路线前行。

该总结的我都总结了，明天就看临场发挥了。我坚信明天一定能取得好成绩。

（2004年7月18日 晴）

今天是我来加拿大参加CJGA（加拿大青少年高尔夫球协会）Ping的比赛的第一天。这场比赛有98人参加，这是我第一次走出国门在外国参加的第一场比赛。

今天的天空十分晴朗，我带着好心情来到了比赛球场。报到后，我背着球包来到了练习果岭，开始了比赛前的准备工作。通过前两天的推杆练习，我已找到了加拿大球场果岭的特点，适应了较快速度果岭的推击力道，感觉非常的好。

14点45分，我来到了一号洞发球台准备发球，只听裁判长介绍到："下面由来自中国的选手——武帅发球。"在异国他乡，当听到"中国"两个字的时候，我顿时兴奋起来了，因为此时的我就代表着——中国，我要为中国青少年争光，为中国人争气。我站在发球台上，从容淡定，挺起胸膛，试挥了两下杆，然后瞄准球，只听"当"的一声，球又直又远地飞了出去。我看到那白色的小球，在蓝色的天空中傲然飞翔，划出一道美丽的弧线，然后，稳稳地落在球道中央，足有280多码。顿时，在旁的观众为我鼓起掌，我心中感到无比的自豪。当我捡起"梯",大步向前走时,还听见有人说:"没想到中国的选手也打得这么好!"那一刻我为我是中国人而感到骄傲。

由于我对场地进行了细致的研究,第一场球我采取了保守的态度。在比赛中我边打边观察对手怎样打,从中学习他们的优长和技法。前几洞我发现来自本土——加拿大的选手杰,上果岭这杆,总是把球打在果岭前面让球滚到洞口附近,我便想起了一句话:"师夷长技以制夷。"于是我也按照这种方法打,别说,果然有效。我一路保Par,并在15洞、17洞还抓了两只"鸟"。我越战越勇,成绩一直保持在领先位置。我始终保持着兴奋的状态,心情好极了,所有的动作感到轻松自由,17洞过后,我的成绩是负2。比赛即将结束,我们高兴地来到了最后一洞——18洞,我第一杆打得非常好,在打第二杆时,我发现果岭是右高左低,于是我向旗杆右边多瞄了一点,只见小白球像导弹一样,听话地落在了果岭上,然后像老鼠一样向洞口窜去。当我走近一看,球果然停在了离洞口只有1厘米的边上,差一点就进洞了,我大喜,这不是一只"死鸟"吗!

经过这场比赛,我发现打高尔夫球要想取得好成绩,不仅技术要好,而且还要会用动脑子去打。最终这场比赛我取得了冠军,夺得了一个奖杯和一个球包,这也是我第一次出国比赛,夺得的第一个冠军,捧起的第一尊奖杯。

我非常高兴也很欣慰,因为我为祖国争了光。

飞向洛杉矶

（2004年7月22日 晴）

今天，我们乘美国联邦航空公司的飞机，从加拿大温哥华飞往美国洛杉矶。这是我第一次乘坐美国航空公司的班机，这班飞机上乘客坐得满满的，空姐们服务热情，我备感温馨、惬意。

随着一阵刺激而又惊心的加速，飞机直飞蔚蓝色的天空。我好奇地欣赏着窗外的美景，当我聚精会神地沉浸在绚丽多彩的风景之中时，客舱里响起了机长的声音："乘客朋友们，现在由我给大家介绍一下窗外的景色。在我们左边的那座山是加拿大温哥华地区最高的山，这座山原来是一座火山，在几万年前经过喷发而形成的，不过现在它已经是一座死火山了。"在飞机上可以清清楚楚看到高山上面的白雪，绵绵长长，好不壮观，我已陶醉在大自然如画的美景之中。大约过了20分钟后，机长又说："女士们、先生们，我们的飞机已经飞离加拿大，进入了美国的领空，我们的下面就是美国的加利福尼亚州。请大家向右边看，那是一个美丽的海湾，是美国的西海岸，也就是著名的旧金山海湾，像一串晶莹剔透的宝石，镶嵌在那里，大家可以明显地看见深海区与浅海区的交界处，蜿蜒伸展，非常夺目。"我在想，造物主真是太伟大了，他把我们的地球家园建造得如此美丽、如此神奇，让我们尽享其中，其乐无穷。

白云逐渐在上升，我知道飞机已经开始下降。我凝视着窗外，看着那地面的房屋离我们越来越近了，渐渐地可以看清公路上飞驰的汽车和行走的行人。不一会儿，我已平安到达目的地——洛杉矶。

（2004年7月26日多云）

由于美国青少年高尔夫球协会（AJGA）的比赛是全美(也可以说是世界)比较大的比赛，美国著名高尔夫职业球星——泰格·伍兹小时候就是参加这种比赛而成长起来的。我今年也是第一次参加这项比赛，感到非常的荣幸和难得，比赛成绩不重要，重要的是锻炼自己，开阔眼界，向优秀的选手学习。

中国有句古话：失败乃成功之母。我爷爷经常告诉我说："善于总结也是成功之母。"经过在国外的几场比赛，我认真回顾并总结了参加AJGA比赛的情况，从中看到了自己的优点，也明白了自己存在的不足，更加明确了今后努力的目标和方向。

在美国旧金山机场

　　我的优点：上果岭的铁杆打得十分准确，还真敢和PGA的选手相比；一号木杆的上球道率能达到90%，这已是很高的水平了；沙坑救球的成功率也提高了不少，信心很足。不足之处：由于参加大赛的经验比较少，所以感觉比较紧张，心理状态不太好；果岭边使用小杆的技术需要大大提高。

　　由于第一次到美国参加AJGA的比赛，所以对球场还不是很适应，果岭速度比国内的快，经验还不够丰富。我在小杆方面也不如美国的优秀选手，他们上果岭的球大都离洞口2～3码之内，可我上果岭的球都离洞口7～8码。特别是5码左右的推杆进球率不高，还要多在手感上加强练习才行。

通过参加AJGA比赛，我学会了好多东西，增长了比赛经验，看到了努力的方向。应该承认，我们与外国选手相比，还是有一定差距的，但是我感觉不是很大。由于受我们的训练方法、教学水平所限，我们的动作还不规范，对比赛每个环节的把握还不细致，在心态上还不够轻松。回国后，我还要好好练习，争取明年再来，取得好成绩。

我的高球好友——胡牧

　　我认识胡牧是在2003年春节前，在海南美视高尔夫球场那场比赛上，他当时已经成为青少年热议的"明星"。他打球的动作，待人的热情，一言一行的绅士风度，一直引我追逐。胡

在上海与佛度、西蒙尼斯、胡牧一起接受媒体采访

与佛度、西蒙尼斯参加比赛，左三为胡牧

牧，从中国走向美国的高尔夫少年才子，有着绚丽的光环和传奇的故事，他现已定居美国奥兰多，师从美国最著名的冠军门教练大卫·利百特。

利百特高尔夫学院在美国享有盛名，从这里走出了很多世界顶级的高尔夫球星，我最崇拜的世界大牌球星——恩尼尔斯就是其中的一位。胡牧是中国唯一一位在利百特高尔夫学院学习的学生，也是最早进入美国青少年高尔夫球比赛体系的中国少年，他曾多次赢得美国青少年比赛的冠军，他的挥杆动作已是许多青少年追随的范例。

胡牧的个子有一米七八，从远处看去你可能还以为他是成年人，其实他现在只有15岁。但话又说回来，他在比赛场上的出色表现，和成人没有什么两样，甚至比他们打得还好。他在去年的三亚沃尔沃杯公开赛上，以业余选手的身份跻身第11名，并打出了单轮65杆的好成绩，令人十分振奋。大家可别忘记，这可是欧巡赛的角逐、世界级的比赛，足以说明他拥有的个人天赋和未来潜力。

胡牧对自己的球技十分自信，不管谁问他，他都会说："Too good"。因此利百特的教练就叫他T·G。他的性格也非常的外向，脸上总会带着微笑去迎接他人。

有一次，英国BBC电视台的记者到美国奥兰多去访问魏圣美（LPGA名将）时发现了胡牧，为奥兰多有一个中国男孩而惊讶。那位记者这样写道："大家只知道魏圣美，其实在这里还有一个与她同龄的中国孩子非常值得关注，他就是胡牧。"胡牧现在已进入世界青少年排名前100名，已跃入美国AJGA排名前50位，也就是说美国所有的名牌大学他可以去挑，还可以得到奖学金。我觉得他所获得的成绩不是从天上掉下来的，而是他自己努力的结果，并且是来之不易的。

胡牧已经成为中国高尔夫青少年追随的偶像，他是中国青少年高尔夫的一面旗帜，我也要像他那样，那样有名，那样有实力，为祖国争光。所以，我现在就要努力练球，努力学习，为将来铺好路。

（2004年9月）

游泳比赛

2005年8月24日，我们乘车来到了广州省江门市五邑蒲葵高尔夫球场，参加在这里举办的一场规模比较大的比赛。这场比赛有东南亚多国的高手参加，竞争激烈。但我还是充满了信心。

大约下午4点钟，我将球场内的地形熟悉之后，为了放松一下自己，便和我的球友"虾仁"——李嘉仁，来到了我们住所旁边的一个露天游泳池，准备进行一次游泳比赛。

我们换好泳装后便下了水，可没想到李嘉仁这小子还挺坏，在我游泳的时候，他一拉我的腿，我一头就扎进了水里，差点呛着我，幸亏我的体积大，浮力也大。只见我一个转身把这小子吓了一大跳，他扭头就想跑，却被我一把抓住了，他赶紧求饶。

游泳比赛开始，我一个箭步就跳到了水里，再看"虾仁"一跳，身体成大字形落入水中，溅起一大片浪花。我跟他说："比赛条件是谁输谁请喝雪碧。""好的"，他很干脆地应答。刚开始，他比我游得快，在我的前面一点，后来我开始逐

渐用力，接着我的速度越来越快，我的优势也越来越明显，最后，我终于比他先游到了终点。我微笑着说："不好意思，拿雪碧吧！"他无奈只好答应了"泳池条约"。他说："今天我输了，算你运气好，我下次一定赢你。""好！我随时奉陪。"

　　唉！他口气还不小。"下次你还得输。"我一边说，一边向岸上游去。

　　通过游泳比赛，我感到游泳和高尔夫比赛有相似之处，都需要扎实的基本功、良好的心理素质、合理的战术技巧和顽强的拼搏精神。要脚踏实地地完成动作，千万不要急于求成，否则，可能欲速则不达。

酷战黄山

昨天，我刚从加拿大乘飞机回到北京，连家都没来得及回，便又飞到了黄山。参加在这里举行的2006年全国青少年高尔夫锦标赛。

刚下飞机的第一感觉就是——热浪滚滚，酷暑难耐，人就像进了烤箱里似的。虽然天气热得要死，但我还是坚强地面对，逐步地适应。因为我准备运用刚从洋人那里学到的东西，在这里大显身手一番。于是，我忘掉了长途飞行的疲惫和时差的困倦，顾不上休息，就来到了球场进行试场。"孙子兵法"讲："知己知彼，百战不殆。"我将每一洞的沙坑位置、球道形状，甚至果岭上的草纹都记录得清清楚楚，这场比赛我做好了充分准备，心中充满着信心。

比赛开始了，我很自信地走向第一洞发球台，心中自言自语提醒自己："保持好心态，保持好节奏，发挥出自己应有的水平。"我轻松自然地挥动球杆，做好每一个动作每一个细节，心态积极而平和，感觉状态一直很好。前两洞成功打标准

参加首届中国青少年比洞赛获奖

杆（Par），开局很好，自己的信心自然十足。

接下来就更加精彩，在第3洞我成功抓"鸟"，此时，我的士气已达高峰，感觉事先所制订的战术运用自如，一洞一洞被我征服，一连串的Par被成功地收入到记分卡中。在第13洞我又成功射下一只"老鹰"，心中激情飞扬，走路都大步流星，轻盈向前。我保持住不骄不躁的战斗作风，直至笑到最后。最终，我以69杆(低于标准杆3杆)的成绩，赢得了这场比赛的冠军。

其实这场比赛的取胜，良好的心态起到了关键性作用，心态是制胜的法宝。

当我举起那水晶奖杯的时候，我高兴地笑了，这是我从国外回来后收获的第一个冠军，我的付出和努力没有白费，我实现了我的愿望。

（2006年8月5日）

急 流 勇 进

刚刚参加完黄山全国青少年高尔夫锦标赛，晚上就飞到了深圳，准备参加在这里举行的全国青少年"张连伟杯"比赛。由于我这段时间一直在外奔波比赛，确实感觉身体有点累了。细心的爸爸也看出了我需要休息一下，于是决定今天给我放假一天，带我到欢乐谷游玩，我高兴极了。

我刚走进欢乐谷的大门，就被这诱人的游乐场所吸引，这里游乐项目繁多，琳琅满目，简直就是一个娱乐天堂。

我们顺着马路往前走，每个娱乐区的项目都吸引着我，矿石镇、米老鼠、海盗船、摩天轮、过山车……刺激神经，快乐无比。我们玩个不停，一个一个游戏地征服，忘却了时间，乐此不疲。当我想要休息一下的时候，突然看见右边写着"急速漂流体验"的指示牌，我顿时激动起来。于是，我们径直地跑了过去，大约等了10分钟时间，我们很快走上了漂流船。我们的船漫漫地向上升起，快到最高处时停了下来，突然，一阵急流把我们猛地向前推进，只见船向下大约有80度倾角，像脱缰的野马急速冲去，吓得全船游客大声喊叫，我的心都到了嗓子眼，太刺激了！当船接近最低处时，我们又遇到了急流的旋涡，船不停地旋转，把我们转得晕头转向，都找不着北了，紧接着又是一阵激水枪的封锁，把我们打得抱头躲藏。正当这时，船又向上开去，不一会儿，船又猛地往下一斜，快速下降，只听"啪"的一声，船与水的撞击溅起了几丈高的巨浪，浪花四射，直冲云霄。我们浑身都被水打湿了，就像只落汤鸡，此时船已缓慢前行，听到的是一片欢快的笑声……

　　这个游戏真是太刺激了，爽极了，欢乐谷真是让我难以忘记。

深圳夜色

晚饭后，我和爸爸驱车来到了深圳市区，欣赏中国最大经济特区的美丽夜景。

我们的车在道路上行驶，路边的灯光照得我们的汽车闪闪发亮。天色慢慢地变黑了，星星也越来越多、越来越亮。我打开车窗，深呼了一口气，哇！一股南国特有的泥土清香扑鼻而来，好清鲜的空气。

我们的车继续往前走着，两边的高楼大厦也越来越多。在我们的右手边出现了一群庞大的建筑物，这就是人们所说的华侨城。我们进入了市中心，这里可真热闹啊！大路两旁有各种各样的商场、饭店和娱乐场所。路上的人们熙熙攘攘，到处霓虹灯闪烁，一个繁华的现代化大都市，好不热闹。这里的夜晚真的与北京有所不同，人们的生活方式和地区的气候特点，彰显出特区和内地的极大差异。在灯光的照射下，路边多彩的植物引人瞩目，马路两侧种植着多样的南国绿树、花草，大大小小，错落有致，美不胜收。有的树高大茂密，树冠遮天；

有的树枝伸得老长，像个屏障似的，为汽车及行人们遮凉，我们好像穿行在时空的隧道之中；有的树上好像长着"胡须"，从远处看，像一位老人站在那里。此时我沉浸在南国的夜景之中……

我看了一下表，哇！都10点多了。这时的街道却如此地明亮，人还是那么多，好像和白天一样，难道这里的人不睡觉吗？之后听爸爸讲我才知道，这种情况是南方城市的特点。

在不知不觉中，我们已经逛完了整个深圳市，我从中看到了许多在北方没有看过的东西。啊！深圳之夜真美，这真是一个名不虚传的不夜城。

战 胜 自 我

通过参加最近在国内的几场比赛，我深深感到：要想在比赛中取得好成绩，首先要战胜自我。

记得在黄山参加全国青少年高尔夫球锦标赛第二轮时，我们刚一出场，天就开始阴云密布，风雨交加，等到我打完第3洞时，雷声不断，雨越下越大，比赛被迫暂停。过了大约1个多小时，雨停了，太阳也冒出来了，我们的比赛又开始了。雨后，在太阳毒辣的照射下，气温迅速地上升，热浪滚滚，当时的感觉真是比蒸桑拿还要难受，再加上我还得背着那10多斤的球包。汗水很快从我的脸上、背上……流了下来。打到第12洞的时候，我有一种快要中暑的感觉，全身无力，头昏眼花。我想：这场比赛我打不下来了。此时，我已迷迷糊糊，脑海里出现了放弃比赛的想法。突然我感到一股凉风向我袭来，让我打了一个激灵，好像一个声音告诉我："你不能放弃！你要挺住！"当时我的成绩领先第二名7杆！这么好的成绩我怎么能放弃呢？对！不能，绝对不能！于是我又鼓足了勇气，坚持打完了这场比赛，并且最终拿到了这场比赛的冠军。我为那时自己的选择和坚强而庆幸和高兴。

　　还有在"梁安琪"杯的那场比赛，强手如林，美国和泰国的一些高手也来参赛了，被誉为泰国第一高手的球员和我分在了同一组。由于心理原因，在第一轮前几洞的比赛中，我总是输于对手，受尽了挫折，成绩非常的糟糕，我真想把杆扔了不打了。"要冷静、一定要冷静。"我好像听到了爸爸鼓励我的声音。对啊！教练说了，打高尔夫是自己跟自己比，不要管别人。我开始调整自己，心想：没事，臭球都让我在前面打完

参加中信银行青少年高尔夫球对抗赛获奖

了，剩下的就是好球了，不要管别人。现在还来得及，从头开始。情况逐渐开始扭转，成绩越来越好，结果我打出了全场低于标准杆2杆的好成绩，战胜了对手，圆满完成了预想的任务。

高尔夫比赛形式特殊，不同于其他体育项目比赛，高尔夫比赛是自己和自己比！你最大的敌人并不是对手，而是你自己。你把自己战胜了，再去对付对手便是易如反掌了。

我的高尔夫运动

　　我是北京三帆中学初中三年级的学生，我从9岁开始接受高尔夫训练，一开始我就被这小小的白球所吸引，并对这项运动产生了较大的兴趣。在父母的大力支持下，我认真学习刻苦训练，走过了一段艰苦的道路，付出了超越自己本有的精力，对我自己的成长、心理的健康发展以及读书学习都带来了积极的影响。一份耕耘一份收获，功夫

6岁的我

不负有心人，在近几年中国和世界青少年高尔夫球比赛的舞台上，我奋力拼搏，为北京、为国家争得了多个荣誉，取得了骄人的成绩。5年来，在国内我赢得了6个全国青少年高尔夫球比赛冠军；在国外赢得了2006年英国世界青少年高尔夫球比赛银组的季军，加拿大CGJA、美国AGJA和南加州青少年高尔夫比

AIBERT	JAMES	73	81			DOUGLAS	ROBERT	76	81	75	232	ROSANO	CHRIS	82	75
ALEJANDRO	MICHAEL PETER	71	73			ELLIS	NICHOLAS	88	73	74	235	SHAM	ANDREW	77	80
BECIERRA	DANTE	73	74			FERNANDO	ANTHONY	70	75			THORSON	ERIC	82	75
BONDOC	GENE XAVIER	75	76			FERREIRA	JOHNNY	78	73			THORSON	MILES	81	80	DQ
BUNYI	EUGENE	77	77			HEAD	DOUGLAS	77	82	82	241	YANG	RAY	79	78
CARRILLO	GRAIG	82	75	77	234	HUNG	CHIEN-YAO	73	74						
COLBRESE	RHETT	81	76			KO	MING-CHAK	76	77						
COLEMAN	GREG	90	73			OPEMAN	LOREN	85	80	79	244				
COX	ERIC	80	77			NDON	RYA			22	258				
CUNNINGHAM	JOE	78	75			ZNICEK									

在美国获奖与妈妈在一起

赛的4个冠军。我于2005年入选中国青少年高尔夫球队,成为一名正式的青少年高尔夫球手。我多次代表中国前往美国、英国、加拿大、日本等国家参加比赛,参与宝马、沃尔沃等大型国际性职业赛事,得到了充分锻炼。因为这一切,高尔夫成了我的追求,我将向着PGA(美国职业高尔夫锦标赛)的颠峰努力奋斗,为中国人争光,在将来为中国高尔夫球运动的发展做出贡献。

高尔夫球运动是一项非常时尚的运动,是增强体质、锻炼意志、净化心灵的健康运动,未来中国高尔夫球运动将是世界关注的焦点,中国将是世界倾目的高尔夫王国。虽然我国的

与世界球星佛度在上海参加BMW杯亚洲高尔夫球公开赛

高尔夫球运动刚刚起步，与世界发达国家还有很大的距离，但是，这项运动对中国的发展必将产生深远的影响；虽然目前高尔夫球运动还没有被列入奥运会项目，但其未来的发展将会使奥运更加灿烂和辉煌。

我热爱高尔夫这项运动。

（2006年北京市中学生优秀运动员讲稿）

高尔夫对我的帮助

    我是武帅，来自中国北京。今年14岁的我从9岁开始接受高尔夫训练，一开始我就被这小小的白球所吸引，并对这项运动产生了浓厚的兴趣。在父母的大力支持下，在众多朋友的关心下，我认真学习，刻苦训练。一份耕耘一份收获，功夫不负有心人，近几年我在中国和国际青少年高尔夫球比赛的舞台上，

在上海参加
BMW杯亚洲高尔夫球公开赛

与佛度、西蒙尼斯同场比赛

奋力拼搏，争得了多个奖项，取得了较好的成绩。我热爱高尔夫运动，它对我个人的成长、对我意志的磨练、对我心理的健康发展以及读书学习都起到了积极的作用。

在9岁之前我给人的印象是体弱多病，但是自从接触到高尔夫后，我的身体逐渐强壮起来，并且在学球过程中我学会了耐心，"欲速则不达"，这也是在高尔夫球上体现出来的。高尔夫让我知道不管发生什么事都应该去面对、去接受，就如我在比赛中尽管打得再滥，我也得去接受，因为其他的办法毫不奏效，最重要是认真，虽然很普通，但任何事只怕"认真"二字，可以说这是最关键的、也是解决问题的一把利剑。这一切都是我从高尔夫上学到的东西，弥足珍贵。

与世界级球手西蒙尼斯同场比赛

　　我热爱高尔夫运动，它让我强健了体魄。高尔夫是一项竞技运动，场地开阔，满眼绿色，在大自然中可以充分享受着阳光，打一场球需要走上十几公里的路程，对我强身健体起到了很好的作用，这项运动让我强健了体魄，锻炼了意志，使我健康成长。

　　我热爱高尔夫运动，它让我懂得了规范自我。高尔夫有一套严格的规则，每个球手都要遵规守法，而且必须要有自律能力，在没有裁判和队友监督的情况下要靠自我要求。高尔夫也是一项绅士运动，在讲究规则的同时，非常讲究礼仪，这是培养良好素质的最好运动。

　　我热爱高尔夫运动，它让我锻炼了良好心态。高尔夫运

2011年在昆明
参加全国业余高
尔夫比赛

动与其他运动最大的不同就是自己的对手就是自己，比赛中可能会遇到各种各样的情况，可能会给自己带来各方面的心理压力，需要有顽强的毅力和勇往直前的精神。高尔夫运动锻炼了我的心理承受能力，让我逐步变得坚强而勇敢。

我热爱高尔夫运动，它让我学会了思辨解难。高尔夫是一项高尚的运动，也是一项高难的运动。这项运动综合了各方面的情况，球手必须具备全面过硬的素质和能力。每一场比赛不仅具有各种难度、难题，还具有很强的挑战性，这些都直接培养了我处理问题、解决问题的能力。

虽然高尔夫运动在中国刚刚起步，但是，这项运动对中国的发展必将产生深远的影响。

我热爱高尔夫这项运动，因为它让我懂得了许多做人做事的道理。

告 别

敬爱的老师，亲爱的同学们：

大家好！

今天站在这里，我的心情无比的激动，有些忐忑不安。想想我马上就要离开母校，离开敬爱的老师们，离开亲爱的同学们，前往大洋的彼岸，前往美国的洛杉矶，此时此刻难舍难分的心情难以言表。

自从2004年9月1日我和同学们一起走进三帆中学，已经快3年的时间了，我和敬爱的任课老师、亲爱的同学们共同度过了104周、750天的时间。回顾我们共同走过的日子，心怀希望，脚踏理想，同窗苦读，孜孜追求。我们在课堂上精心聆听老师的授课，在讨论中畅所欲言。我们为集体的荣誉而奋斗，团结和谐，众志成城。在三帆中学我们共同结下了师生的情意、同学的友谊。

敬爱的老师，你们是我最最尊重的恩师，是我人生的指路明灯。是你们呕心沥血，辛勤浇灌，哺养我们成长；是你们的

在北京师范大学实验小学"六一"儿童节表演相声

耐心教导，精心呵护，给予我们丰富的知识。你们用"蜡烛精神"燃烧自己，照亮我们。在三帆的每一个日子里，你们给予我格外的培养、特殊的关照、真挚的帮助。在这里，请允许我用深深的鞠躬，对老师们表示真诚谢意！谢谢老师们对我中学时代的培养教育！谢谢老师们3年来对我的关怀爱护！

亲爱的同学们，你们都是我的同窗挚友。我们在三帆中学的荣耀下，享受着阳光的温暖和雨露的滋润。我们同上一堂课，共读一本书，我们为了一个共同的目标，刻苦学习，同舟共济。在校期间，你们给予了我热情帮助和大力支持，在你们身上，我学到了无数的优点，你们每个人都是我读不完的"无字书"。在这里，让我用最朴素的语言，表示衷心的感谢！谢

在北京奥运村

谢你们！

　　我从9岁开始接受高尔夫训练，走过了一段艰苦的道路，付出了很大的精力，取得了多个骄人的成绩。5年来，在国内我赢得了12个全国青少年高尔夫球比赛冠军；在国外赢得了2006年英国世界青少年高尔夫球比赛银组的季军，加拿大CGJA、美国AGJA和南加州青少年高尔夫比赛的多个第一。我于2005年入选中国青少年高尔夫球队，成为一名正式的青少年高尔夫球手。多次代表中国前往美国、英国、加拿大、日本等国家参加比赛，并有幸参与宝马、沃尔沃等大型国际性职业赛事，得到了充分锻炼。因为这一切，高尔夫成了我的追求，我将向着PGA的颠峰努力奋斗。因为这一切，我选择了去美国，这就是我离

在联合国大厦

开三帆中学的原因。也许未来的某一天，大家打开电视，就能看到我挥杆的身影。

老师们、同学们，你们放心吧！我一定记住老师的教诲和嘱托，努力学习，刻苦练球，为国争光，我也一定记住同学们的鼓励，再接再厉，永攀高峰。老师和同学们，我会把你们的音容笑貌刻画在我的心里，永远铭记你们。我会在大洋的彼岸想念你们的，你们可不要忘了我啊！

老师们、同学们，再见了！

最后，祝愿老师们工作顺利、身体健康、万事如意！祝愿同学们，努力学习，沉着应考，心想事成！

第二篇

感悟美国

美国，是一个很特别的国家。不论在哪个州，有什么样的宗教、文化，你都可以找到你想要的一切。只要你用心体会，那里的那种温暖虽然和家里的不同，但是热度依旧；那里的信仰虽然与我们的不同，但是教义中的很多东西与咱们的传统文化都相通；那里的人虽然高鼻深目，但是心灵与我们一样，都是美好的。我在美国的这个家是温暖的。

我美国的家

我在美国借住的家庭是一个基督教家庭，一家人非常的和睦幸福。虽然和这样的一个家庭相处才两年的时间，我却深深地爱上了这个家。家里的男女主人，成了我在美国的"爸爸妈妈"。他们不抽烟、不喝酒，每天早上早起读圣经，周日没有特殊情况一定去教堂做礼拜。当地把在一个地方的人分成几片，每片有一个教堂。十多户每周日都一起参加礼拜，家庭都异常融洽。每到圣诞节或者感恩节的时候，做了西饼什么的都要互相赠送。他们的男孩长大之后，要听从教堂的安排，会到各地传教。传教回来的男孩一般都会熟练地掌握一些社会知识，比去之前成熟许多，有种很特别的气质。

他们每周有一天是Family Night(家庭之夜)，一家人不管多忙都会坐在一起聊聊天，说说自己在过去的一周都做了什么，再表演个节目，读圣经什么的都行。他们用餐前都会虔诚地祈祷，祈祷的内容不仅仅限于"感谢上帝赐予食物"，还包括很多和现实相接的东西。比如他们的父亲最近很忙，祈祷时就会

和妈妈在美国家中

加上："保佑父亲工作顺利！保佑父亲身体健康！"总之，这个家庭让我感觉非常和谐。

我借住的家庭有五口人，三个孩子，一男二女，中间是男孩。虽然刚开始我们之间的话不多，但是足够建立起了感情。因为信教的影响，所以他们"家"的概念都很强，这让我们很快就成为了一个不可分割的家庭，并且一起度过了随后的快乐日子。记得2008年的圣诞节，等到大人都睡了之后，我们四个孩子在地下室开始包装礼物，准备了各种各样的东西，一直到夜里12点多把全部的礼物运送到客厅摆好才算大功告成。第二天早上起来，窗外一片洁白。在圣诞节，没有比这种颜色更让人感到有节日气氛的了。大家围坐在客厅的地板上，一个一个

和妈妈与美国的"爸爸妈妈"在中学毕业典礼现场

地拆礼物。那是我印象当中最"家"的一个时刻，两年多过去
了，每次想起来，心里还觉得温暖依旧。

美国，是一个很特别的国家。不论在哪个州，有什么样的
宗教、文化，你都可以找到你想要的一切。只要你用心体会，
那里的那种温暖虽然和家里的不同，但是热度依旧；那里的信
仰虽然与我们的不同，但是教义中的很多东西与咱们的传统文
化都相通；那里的人虽然高鼻深目，但是心灵与我们一样，都
是美好的。我在美国的这个家是温暖的。

我喜爱的美国中学

  我在美国就读于Mesa Grande Academy中学，学校坐落在加利福尼亚州洛杉矶市的东北部，从机场开车到学校大约需要一个小时的路程，从那里再往北就是成片的沙漠。因为那里有较多的高尔夫球场，出行又非常便利，所以我选择了Mesa Grande Academy。

中学毕业时与两位老师合影

在学校和同学们

美国的中学和中国的中学有着天壤之别。中国的课堂永远是几十个学生坐在台下聆听老师一个人的独白。而美国的课堂呢？十几个学生，坐累了就可以起来活动一下，不喜欢这个座位还可以换个座位，甚至可以坐在老师的授课台上。

学校里的老师都能和学生们打成一片，老师与学生之间没有明显的代沟。在这里，老师们上课的时候如果看到学生在玩很有趣的游戏，他们会参与进去。学生觉得累了，老师就会停下课来和大家聊聊天。更多的时候，老师会给学生讲述自己年轻时候的事，或是对最近某一事件发表自己的看法，又或是自己对生活的理解。在任何时间、任何课程中，老师们都可以切入，比如数学课不知不觉就从几何讲到了他第一天上课的

Mesa Grande Academy
12th Grade 2010 - 2011

我美国高中的同学们

感受；历史课能从南北战争讲到杰克逊死亡的事件；英语课从《棚屋》小说里可以总结出自己理解的人生的意义。

没有教案，没有事先的准备，完全是凭老师自己的经验和阅历，就这样，学生在聊天中得到宝贵的经验，从讨论中锻炼了自己思考及辩证看待事物的方法，处世观也被潜移默化地改

变，朝着成熟发展。

　　然后再来说说课程的内容。我在国内上学时的课程分得井井有条：语数英，物化生，每门课之间都有很明显的界限。而美国中学很多课都是偏向实用的，比如我所学习的机修课，就包含了物理、化学和数学。也许是因为教育体制的不同，但我还是认为美国的课程更能帮助到学生的生活，因为毕竟在日常生活中不可能只用到某一学科的知识吧。

　　美国中学的课间时间是很紧张的，所有人都要在楼道里跑来跑去，取书，换教室。而你要是以为这里的课间是无聊乏味的，那可就错了。在这里就算是课间学生们仍然能找到很多的乐趣。美国是开放文化，课间你经常能看到男生背着女生到处跑，或者是一个男生帮五个女生拿东西的搞笑场面。这些活跃气氛的行为，谁见了都会感到心情愉悦吧。同学若是上课的教室相同，就可以一起取书一起聊天走到教室。中午，大家聚在一起吃午餐、聊天。

和中学同学们

中午是同学间聊天和玩耍的最好时间。女生会一起到学校附近的草坪或树丛聊天，男生会去球馆打球。当然不是绝对的，男生们也常去女生堆里耍一把酷，女生也会去和男生一起打篮球。一开始到学校的时候我还没有太多朋友，所以有时我会一个人坐在树阴下，喝着学校免费提供的卡布奇诺，听着Ipod或者看书。一阵风拂过，空旷的草坪随着风的节奏而闪动，简直是美得不能再美的情景。从前做梦都想在这样的环境中生活，而如今，已是在这种生活中进入梦境……

美国中学的学习

　　我十分庆幸自己在美国上的是一所私立学校，因为我没有绿卡和美国公民身份，也只能上私立中学。

　　我住在一个美国家庭里，女主人就是我上的这所中学的副校长，人非常可亲可近。一家五口人，三个孩子中的老大老二已经大学毕业并独立生活，最小的是一个女孩，和我同一学校，比我低一年级。她学习不错，每个季度都拿着全A的成绩单回来，可搞笑的是她几乎每天放学后就是狂玩，不怎么看书学习，每天过得爽歪歪。这也让我对于为什么美国的大学系统那么卓越，而中学系统那么散漫，初步形成了一些自己的见解。

　　学校的老师也很潇洒，但对做好教育工作却相当的负责，他们确实热爱教育事业，想为社会做点贡献。在美国学校没有像中国中学那样被分成三六九等，为了上好学校绞尽脑汁往名校钻，美国的学生基本上都是就近读书上学，方便就行，没有看到国内选择学校的这种乱象。美国的中学教学方法与国内不同，近似大学，中国的学生都有固定教室，授课老师轮流在同一个教室授课，而美国则不同，不同的专业有不同的教室，老师按专业固定在指定的教室，学生上什么课就去什么专业的教室。老师们特别喜欢那些爱读书的学生，只要你想学，老师就很愿意教。学生在学校里轻松自得，上课还可以吃东西，坐姿随意，老师和学生近距离接触，没有等级和高低之分，相当随意。老师授课幽默诙谐，经常逗学生笑得前仰后合，学生的心态非常放松。美国的学生会提出无数个"为什么"，老师会一一回答，不厌其烦，老师和学生亲密和谐。老师布置的作业大都需要学生说出自己独到的见解。老师绝对是一字一句地认真读，然后提意见。所以对于真正想学习的学生，收获的知识和学习的技能会是非常多的。

我和妈妈与寄宿家庭在中学校园

中学毕业典礼前来祝贺的美籍华人朋友

　　学习是你自己的事，任何事都是你自己的事。没有人追着你屁股后面催着你去学，也没有一个老师在课堂上说你不好。比如说我在上美国历史这门课的时候，我总是下课时问老师问题，老师给出答案后还会延伸很多知识出来，而且他们十分乐意帮助你把知识面延长拓宽。其实，我感觉从老师那里能学到的远不止这些。

我眼中的美国父母

　　走进美国家庭，你会看到各式各样的玩具和儿童读物摆放在孩子可以拿到的地方。孩子们可以任意地自由玩耍，父母很少要求孩子的言行，控制孩子的玩意兴趣，甚至到了不强求孩子称呼爸爸妈妈的地步。他们认为，孩子虽小，但是一个独立的人，孩子来到这个世界上，应有的天性应得到充分的发挥。美国父母非常注重培养孩子的平等意识，并且更多地给予孩子充分展现自我的机会，这样才能让孩子更早地独立。相反，中国的父母从孩子一生下来就把他们照顾得无微不至，其结果可能是剥夺了孩子独立学习的机会。

　　美国父母看到孩子在地上乱写乱画，甚至拿着剪刀在衣物上乱剪，他们会非常高兴，他们会认为孩子学会了某种技能，但中国的父母绝对不会允许孩子这样去做，孩子很可能遭到父母的责怪。美国父母看到孩子这种现象，会主动地帮助孩子，教孩子一些技巧方法。他们特别注重孩子的动手能力，在美国，孩子七八个月时就可以坐在特制的桌子上自己抓饭吃。我

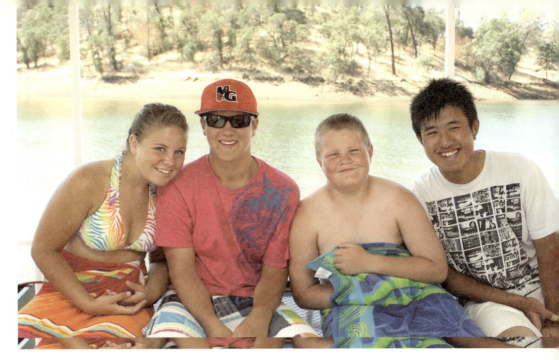

与美国同学一起度假

认为中国父母说教太多、身教太少，这一点特别需要向美国父母学习。

美国父母非常注重孩子独立能力的培养，孩子从小睡小床，稍大后大都单独住一间房，孩子自己能做到的事情，一般情况下，父母尽量让孩子自己去完成，不会过多地帮助孩子。大多数孩子到18岁以后都自己挣钱读书，这是我们中国孩子做不到的。中国的父母往往只关心孩子的学业，忽视了其他生活能力。有一句话说得好："要让孩子一事无成，你就溺爱他吧。"

美国的小学在课堂上不是照本宣科地灌输知识，而是想方设法地把孩子的眼光引向校园以外的广阔天空，涉猎无边无际的知识海洋，告诉孩子如何去思考问题，注重培养孩子的创造能力。父母和老师给孩子最多的是鼓励和赞扬，竭尽全力肯定孩子的一切努力。

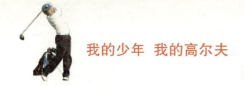

一个真实的美国故事

这是一个真实的故事，故事发生在美国西部的一个城市——洛杉矶南方的圣地亚哥。

在这个城市里有一个大富豪，邻居们无人不知，城市里无人不晓，就连城外的人也都听说过。

这位富豪家的门铃经常响起，通常是一些请求募捐的人。有时，按门铃的是一些遇到困难的邻居和路人。而每次富豪都会微笑着拥抱一下站在门口需要帮助的人们，并大方地签一张数额不小的支票给他们。

一天晚上，富豪吃完晚饭便出去散步。"今天晚上的夜是多么的宁静啊！"富豪感叹道，他一边走一边吹着他那不成调的"流行歌曲"口哨，显得悠闲自得。

而就在此时，富豪看见马路上躺着一个流浪汉，那个流浪汉的衣裳破旧不堪。虽然穿着鞋，但互不相配，身上还不时地发出难闻的臭味。流浪汉也同时看到了他，并且知道他是谁。但他没有伸出手，而是把自己的脸隐藏起来了。

我的少年

　　富豪站在这个衣衫褴褛的流浪汉的身旁，俯下身，轻轻地抚摸了一下他的面颊，但是流浪汉却闪开了脸。富豪不禁苦笑了一下，慢慢转过身，向回家的路上走去。

　　看着富豪渐渐远走，流浪汉低下了头，突然看见了身下有一张百元美钞，便一把抓起，和所有的流浪汉一样，他第一个念头就是拿着这笔不劳而获的钱，享受暂时的快乐，吃肉喝酒，瞬间把财挥霍。

　　然而，当流浪汉的双腿就要跨进商店时，他猛然又感觉到了富人那充满爱心的抚摸。他心中不禁为之振奋，他下决心从那一刻起，重新开始人生。

随即，他将这100美元全部投到了微软公司，买下了股票。过了很长一段时间，微软公司的股票飞涨了，这个流浪汉便因此成了亿万富翁。

几年之后的一天，这位富豪家的门铃又响了。一位站在门口衣冠整齐的客人先开了口："你就是那位富人，对吧？"

"我能为你做点什么？"富人说。

"不是你要为我做什么，而是你已经为我做了！"

富豪帮助了那么多的人，他一时还真的没有想起来。客人说道："其实我也没什么东西送给您——我所有的一切，都是您给的，我唯一的目的就是道一声'谢谢'！"客人接着说，"我就是以前躺在马路上的那个流浪汉啊！""啊！我想起来了，你现在发财了？"富豪惊讶地问。两人对视片刻，接着，客人张开双臂与富人紧紧拥抱在了一起。

这是富豪第一次受到如此热情的客人的拥抱，也是使他感到满足的拥抱。客人的眼泪夺眶而出，他从此也懂得了报恩。他说："富豪的爱心深深感动了我，让我灵魂里的那些冬眠的'味蕾'开始一颗一颗地苏醒，人间多么需要相互的关爱呀！"

这个故事是美国的一位老奶奶给我讲的。

是啊！人本身就应该有报恩之心，因为上帝已经将善良印到了人们的心里。

快乐生活

    在美国四年的学习生活，使我健康而快乐地成长。一个人大概只有走过很长一段路，才会真正对生活有所感悟。过去这些年，我疾行在通往梦想的道路上，从来不曾放慢脚步，我曾经为每一个阶段的成功而自豪，也没有太多的遗憾。但现在，

在海南三亚，快乐的我

我的少年 我的高尔夫

我对生活逐渐有了新的理解，在奔波的路上，我时常会轻轻告诉自己："要快乐生活！"

自从"快乐"这两个字眼跳进我脑海的那一刻起，我常常思考，人的一生到底如何渡过？是一场漫长的跋涉，还是一次奇妙的旅行？或许答案就在每个人的心里，没有高低对错，只有个体主观感受的差异。那么，我们作为这个世界的主宰者、创造者，除了无条件接受既有的现实，难道真的别无选择了吗？不管曾经经历了怎样的追逐，我们都无法背负沉重的包袱走太远，我们迟早会问询行走的意义。

为什么有时候目标的实现带给我们的更多只是一时的满足，为了这片刻的满足，我们没时间欣赏路上的风景，也错过了很多享受生活的机会。不仅这些，我还常常看到有的人为成功付出了过于高昂的代价，脆弱的身体状况，膨胀的自我，不和谐的人际关系，没有朋友，没完没了的焦虑……

难道人活在这个世界上，欲望永远无法得到满足吗？我并不否认欲望是成功最原始的动力，但为什么物质条件在变好，我们的幸福指数却不比父辈们高呢？有些人即使是实现了愿望，仍高兴不起来，因为这时候他又有了新的欲望。如果一个人总是被欲望驱赶着疲于奔命，我想，他一定不会快乐。

那么，在我们努力追求成功的时候，能不能稍稍减缓速度，驻足观望片刻，欣赏一下路上的风景呢？

这时候我们会发现，我们已错过了太多原本该留意的东西。人生的美丽不在梦想的彼岸，流淌的每一条溪流、枝头的

与美国寄宿家庭的哥哥姐姐一起度假

每一片树叶、路边的一朵无名小花，都会让我们感动。

跟随心所指的方向，我们就会快乐。有时候放弃也是一种获得，我们放弃了一棵大树，却可能收获一片森林；我们放弃了现在的路，却有可能走上一条更能充盈生命的路，哪怕我们对未来并不了解。

"当我们将生命消耗在为未来作准备，而非享受眼前时光，我们就失去了欣赏和享受快乐的能力，与每一个真实刹那擦肩而过。我们不能让时间慢下来，从呱呱坠地的那一刻起，我们就向死亡的那一端迈进，一点点变老，但我相信，一旦我们能更全心全意地体验生命的每一刻，就会觉得时间过得更有意义。"这是《活在当下》这本书中的真切描述。正如作者安吉丽思所说的，我们全心全意于所处的那一时、那一事、那个当下，是一个深具意义、绝不该枉费的刹那。她还说："生命的意义只能从当下去寻找，逝者已矣，来者不可追，如果我们不追求当下，就永远探触不到生命的脉动。当我刻意追求快乐，快乐却隐而不见；当我不再刻意寻找，只全然放心于当下，快乐就在眼前。"

到今天，我渐渐明白，生命是一种体验，幸福是一种感觉。我们生活在一个包容的社会，每个人都有权利选择自己的生活方式。生活方式是什么样，其实并不重要，重要的是自己感到快乐、幸福与充实。社会可以判定我们是否成功，却无法判定我们是否快乐。我们不必总问"快乐在哪里"。其实，快乐就在当下，就在我们实现选择的路上。我相信，快乐、健康、成长和成功，是相随相伴的。快乐健康地成长，能让我们在跌倒的时候不气馁、失败的时候更坚强、成功的时候更冷静。我们要做的，就是心无旁骛地投入每一个真实的刹那。只要我们怀着一颗求真、求善、求美的心，就能像盛开的太阳花一样吸收宇宙的能量，简单而坚定、热烈而执著地绽放。

永不嫌多的员工

这个故事的主人公叫杨子，她可以让我们学到很多东西。

接到公司裁员通知的那一刻，杨子的心好像被铁锤猛击了一下，整个人都呆住了。她在公司的洗手间里躲了半天，才慢慢地平静下来。

在公司的这几年，杨子一直踏踏实实、勤勤恳恳地工作，同事们也喜欢这个勤快、笑容可掬的女孩子。

近几个月，公司的生意一直不景气，裁人再所难免。在本科生成堆的业务部里，中专毕业的杨子首当其冲。不过，公司决定被裁人员一个月后离岗。

一大早，有人就在复印机旁复印着一大本厚厚的资料。"还是我来吧。"杨子说。她走到复印机前，拿起厚厚的资料，同事转过身，看到的是一张平静而诚恳的面容。同事犹豫了一下，离开了复印机。

一整天里，杨子仍像往常一样，有条不紊地忙碌着：打印资料，翻译文件，收发传真，转接电话……

渐渐地同事们似乎忘记了杨子的遭遇，他们又向往常一样找杨子，有的说："杨子，帮我发一份传真。"有的说："杨子，帮我查一下资料。"有的说："杨子，我出去一下，有人找我时，帮我招呼一声。"杨子连声答应着，把一件一件的事情做得井井有序……

一个月很快就过去了，最后一天，杨子收到一份通知，上面有公司老总亲笔写下的一句话："像杨子这样的员工，我们公司永不嫌多。"

在猝不及防的人生风暴面前，杨子用她的坚毅，乐于助人的品格，成功地实现了突围。

对啊！失败并不可怕，只要用你高尚的品格去面对，一定会赢来胜利的光芒。

感悟美国高尔夫球场

美国高尔夫运动已有100多年的历史，形成了独具特色的完整体系，球场多、技术精、人才旺是这个国家高尔夫运动的特点，可谓是世界上最先进的国家之一。我在美国打球的这段时间，给我留下最深印象的是，高尔夫球场优美的环境、高雅的人文素质，以及服务人员待人接物的热情。

从球场上来看，环境可以称得上是人间天堂。每一个球场都与大自然和谐匹配，相得益彰。巧夺天工的球场，彰显出设计者的卓越智慧。有的球场建造在荒山野岭，蜿蜒在深谷之中；有的深藏密密森林，穿行在翠绿之间；有的镶嵌在黄色沙漠，凸凹跌宕。个个球场都是植物的海洋、花的世界，令人沉醉在山色、湖光、花艳、果香之中，让人如痴如醉，流连忘返。球场不仅景色美，而且还有许多小动物。这些动物与人友好相处，在场内自由往来。如松鼠、野鹿、野兔……它们会时不时地跑过来和打球的人们玩耍，整个球场好像是个野生动物园。

美国的球场有较好的人性化设计，球场内还有自动化饮

在橡树谷高尔夫球场

水机，你在每个洞的发球台处都可以享用。并且球场内没有球童，不管你是六七岁的孩子，还是六七十岁的老人，都要自己拉包或背包下场，但场地的维护都是靠人们自觉去做的，这也体现出了美国的人文素质。打球时，他们都会严格遵守高尔夫的礼仪，遇到女士，男士会很绅士地礼让她们，让她们优先通过。我还看到，男士们大都礼貌地为女士开门、拉开椅子。他们捡到别人丢失的东西时，总会想方设法找到失主，及时送还到失主手中。

当然，我感触最深的还是美国人的热情。当你来到球场时，不管彼此之间认识不认识，一见面他们就会面带微笑地与你打招呼、问好。当你遇到困难的时候，他们会伸出援助之手帮助你。而且在比赛的时候，球员们之间非常友好，当你无意触犯了规则，他们都会善意地提醒你。

总而言之，美国在高尔夫运动方面有许多好的地方值得我们去学习。

在美国伯克利大学比赛日记

（2009年10月1日晚）

今天傍晚，我从美国西海岸的洛杉矶来到了旧金山，并与从国内来的参赛成员会合，在美国著名学府——伯克利大学旁的旅馆入住。旧金山的环境和气候不同于我所住的洛杉矶，这里的空气要新鲜得多，打开房间窗户，一股海风的味道迎面而来，让人感到轻松自在、心旷神怡。

在这里，我见到了高尔夫启蒙老师赵贻贤教授和戴玫阿姨，还有久违的球友们。在美国见到他们，格外亲切！我兴奋不已。

明天就要和伯克利大学校队进行对抗交流了，晚安，明天见！

（2009年10月2日）

吃过早饭，我们便乘车来到了高尔夫球场，进行热身活

动。没过多久，伯克利大学的球员也来了。在双方领队的介绍、讲话之后，双方球员分别赠送礼物和合影留念。当这些仪式进行完毕以后，球技交流活动也就正式开始了。

我和王子豪分为一队，并与伯克利大学排名第二的选手、伯克利的助理教练分为一组。说真的，和伯克利大学的高尔夫教练在一组比赛，未免有些紧张。在前几洞的击球中，的确有几个小失误，不过我很快就平静下来，恢复了状态，挥杆、走路、看线、节奏等等一切，都按照自己的想象和步骤进行，打得得心应手。

伯克利大学那位排名第二的选手果然厉害，从击球的扎实度到短杆的处理，再到对线路的判断都很到位，很值得我去学习。他最厉害的是，100码以内的上果岭率极高，每次他都有七八成的把握将球击打到洞口边，特别精准，而这种效果足以给对手造成较大的心理压力。另外更值得我学习的一点是：心态一定要放正，心如止水才能发挥出更好的水平。

我们来说一说伯克利大学的教练。如果说球员是一名武将的话，那么教练就足可以称为军师。教练是一个球队的支柱，也是精神上的调配师。伯克利大学的教练虽然没有在球场上讲太多的技术，但是却教了许多战术以及如何选杆。合理的战术可以把有限的技术发挥到极致，清晰的思维可以对全场变化了如指掌。经验和磨练，我想是让他们球技提高最快的方法。

（2009年10月4日）

两天的交流活动终于圆满结束，领队为了让我们放松一

伯克利教练给中国球员讲话

和中国队员参观美国斯坦福大学

下，今天特别安排了一个节目——游览旧金山。

我们游览的第一站就是斯坦福大学。斯坦福大学可谓是美国超级明星大学，也是泰格·伍兹的母校。而当我们真正踏入这所大学时，眼前的情景确实让我目瞪口呆。这里真的是太大了，就是一座美丽的城市。从斯坦福的中心花园向前走，穿过层层花群，正对我们的是一座大教堂。而在我们的左前方则是一群雕像，这群雕像讲述的是当一座城市快要被敌人攻破的时候，市长把这座城市的秘密钥匙给了6个农民并让他们保存好。他们经历层层波折之后，终于回到了他们所住的地方，又把这座城市重新建立了起来。这群雕像描述的这个故事的含义是：不论你是什么样的人，不论你是做什么的，都可以成为英雄，并为这个社会做出自己的贡献。我想这就是斯坦福大学教育的主旨吧。乐于帮助他人，为社会做出贡献，这样我们才有更好的生活。

从中国汶川"5·12"大地震后，我发现中国人原来是这样的团结，每个人都在毫无顾及地为社会作贡献。我想如果我们继续保持这样的团结，那么，大国崛起就不再是梦想，中国这头巨狮也就可以雄伟地站在世界之巅。

交流，是一种很重要并且可以促进双方进步的活动。我非常感谢金鸿高尔夫的刘总和赵老师给我们的这次参加比赛交流的机会，感谢大家对我的支持和关怀。从两天的交流实践中，我发现我们与美国的高尔夫运动差距并没有想象的那么大，这可以证明中国高尔夫运动的成长还是很迅速的。从郑和下西洋后，中国便开始了长达数百年的闭关自守。这种闭关自守是统治者盲目的高傲、目光的短浅与狭窄所造成的后果，看不起别人，却被别人打败，而这也大大阻碍了中国的发展。金鸿高尔夫组织的交流活动为高尔夫球届开辟了一个新天地，也敲开了与美国大学交流的大门。要让中国高尔夫运动迅速腾飞，必须博取百家之长，为已所用。我想中国高尔夫运动必定腾飞，必让世界知道中国人的厉害！

巧妙运用你的潜意识，
在比赛中发挥更好

哲学家弗洛伊德将意识划分为三个层次，即意识、前意识和潜意识。

潜意识也称无意识，是指那些在正常情况下根本不能变为意识的东西。正是所谓"冰山理论"：人的意识组成就像一座冰山，露出水面的只是一小部分（意识），但隐藏在水下的绝大部分（无意识）却对其余部分产生直接影响。弗洛伊德认为潜意识具有能动作用，它主动地对人的性格和行为施加压力和影响。看来微不足道的事情，如做梦、口误和笔误，都是由大脑中的潜在原因决定的，只不过是以一种伪装的形式表现出来。

让我举一个日常生活中的例子，我们可以悟出和认识这个道理。

回想一下我们刚开始学开车的情景，我们要把握方向盘，控制油门、刹车，还要查看路况，有的还需要控制离合器和挂挡。起初我们都有些摸不到头脑，我们每时每刻都想着这一步做什么、下一步又要做什么，这也正是我们在运用意识学习开

参加2006中信高尔夫比赛

车。随着时间的推移，我们开始运用自如地驾驶汽车了，不必再去想何时踩油门、何时踩刹车，或是这一步该怎么做、下一步又该怎么做了。因为这一切已经成了我们的习惯性动作，这就是我们开始运用潜意识驾驶汽车。

我们可以把同样的道理运用到比赛当中。在每次比赛前和比赛中，我会不断地告诉我自己："我就是冠军，我就是冠军，我就是冠军！"或者不断地重复许多其他正面的思想。比如说："这一球一定会进洞。""这一球会往我的目标方向飞行。"等等。记住，必须是正面的思想。因为我们的潜意识不能区分好与坏，它只会将接收到的信息存储并在以后做出反应，所以再次强调必须是正面思想。

刚开始，当我们告诉自己这些话的时候，难免有些不相

哈伦能源

1

ite: 410 YDS PAR 4

1中国职业高尔夫球男子挑战赛
"哈伦能源杯"

CHINA
中

哈伦　哈伦
能源　能源

2011年参加中国职业赛

信。但是不要放弃，继续重复这些正面的思想，让你的潜意识不断地接受，不断地存储，不断地强化。就像学开车一样，正是我们不断地给我们的潜意识灌输如何驾驶汽车的动作，致使最终我们可以不用刻意去想如何开车，我们驾驶汽车时却运用自如。

你必须相信你就是冠军，才可能赢得冠军。如果连你自己都不相信，谁还会相信呢？我的朋友，去尝试在比赛前和比赛中不断地灌输自己正面的思想，然后耐心地等待美事的发生吧！

用老子"三三法则"调整比赛心态

老子说："出生入死。生之徒，十有三；死之徒，十有三；人之生生，动之于死地，亦十有三。"意思是说，人出生后就一步步走向死亡。如果把人的一生分为十成，那么生的因

在北京参加中国职业赛

参加北京哈伦能源职业高尔夫比赛

素能占有三成，死的因素占有三成，自己有生活好的愿望，却走向了死亡的因素也占有三成。这是老子对人生看法的"三三法则"，是对人类的一大发明。明白了这"三三法则"，理解了其内涵和深意，我们就应加倍地珍惜人生的这三成生，在人生的道路上尽情地受用和发挥；我们死的三成，就应该谨慎对待，尽力规避；对于剩下的不确定的三成，我们必须高度警惕，未雨绸缪，不可掉以轻心。

我从老子的"三三法则"中得到了启迪和开悟，它给予我许多帮助。"三三法则"不仅适用于对人生的解释，做一切事情都可以用这个法则来认识、感知、判断，并可以用它来评价、预测想要实现的目的和结果。比如，我们做一件事，事先虽觉得已有相当把握，但也不能有丝毫的懈怠，我们还必须考虑到不利因素，考虑到还可能有的三成危险，三成因急于求成反而造成意想不到的失败的可能。或是，我们事先并无制胜的把握，但我们必须充满希望，考虑周全，创造条件，摆脱不利，争取好的结果。如果不去积极努力，可能连一分的把握都没有了。

我参加高尔夫比赛时，常常用老子的"三三法则"来预测自己的成功和失利，调整自己参加比赛的心态。我认为，每一场比赛都应该有三成的获胜的可能、三成的失利的可能、三成的因求胜心切反而可能造成失误的可能，或是因良好的心态调整而赢得胜利的可能。如果我当时参加比赛的身体

花园

年比洞锦标赛

仪式

参加中国青少年首届高尔夫球比洞赛

条件、技术程度、心理素质都处于最好最满意的状态，我就会有六成或六成以上的获胜把握，但也必须考虑到还有三成的不确定性。如果成功取得了冠军，我会感到这是预测到的，是应该得到的；也可能因对那三成不确定因素没有把握好，而导致不满意的结果，我会正确面对，不会气馁。高尔夫比赛球手的心态是至关重要的，你理解并运用了老子的"三三法则"，你就会正确对待比赛的得失，特别是你会用这个法则来调整和规范自己的心态。

"三三法则"是心态调整的一副良药，良好的心态是制胜法宝。

李小龙和我的相似处

Bruce Lee, both the historical figure and many fictional characters he played in his movies, has been a profound influence on my life. He was a Chinese martial artist, philosopher, actor, film director, and the founder of the Jeet Kune Do martial arts movement, an Asian Renaissance man. Lee came to the United States by himself with only $100 dollars in his pocket at the age of 18. The same as Bruce Lee, I came to America by myself at the age of 14. $100 dollars was surely not enough for him to live on in America, so he had to manage his money carefully and work extremely hard. Along the way, he developed a unique personal philosophy which has encouraged me when I had to struggle.

When I entered junior high school in Beijing, I came to my parents to discuss my academic future. I realized that fluency in English and confidence in the ways of Western culture are critical for success in this century. We decided that the best course of action for me was to leave home after the eighth grade and to come to the United States by myself. Here, I found myself at school, virtually in the desert of California, in an alien culture, far from

2011年参加美国AJGA比赛

home. I mastered the language and the culture, and overcame many unexpected challenges. I initially found myself living with a family into which I was not welcomed as a foreign student but merely as a paying customer. I was only fourteen, a stranger in a strange place, without families or friends, and I had to learn how to cope and how to do so quickly. While my parents had anticipated that I would be included in family breakfasts and my lunches prepared with those of the family's children, that expectation was not met. I learned to fend for myself.I discovered how to stretch a dollar, to eat for less, and to choose wisely. Though the school day did not begin until 9am, I was dropped off at school when it was convenient for my "hosts". I was left alone, often in the dark, at 5am every morning, in front of my school. That experience, amongst others, made me stronger. I learned to use the time to fend for myself, to review homework, to get ahead in my classes, and to be the first one to greet new friends

在美国加利福尼亚大学洛杉矶分校校园

as they arrived later in the morning. I learned to be independent, to solve my problems, and not to complain. Often I turned to Lee's philosophy to help me through difficult times. Bruce Lee wrote: "Look at the rainstorm; after its departure, everything grows." I learned from him that I could survive in America by always doing the things which I knew that I should do, doing what is right and honorable.

Lee developed Jeet Kune Do, a blend of martial arts, late in his short life. Jeet Kune Do is a combination of six forms of martial arts, involving both eastern and western styles. He did not believe

穿唐装的我

in a separation of east and west, but in respect for both traditions. One of my dreams is to share western culture with China and Chinese culture with the west. I hope to study business and to establish a 21st century company which does business in the east and in the west. In China, I hope to model the best of American business practices which will help my native country transition to a modern economy where the economy will grow and individual people will be free to make decisions. I want to help to build a China in which students will not have to leave home in order to obtain a world class education. I hope to bring to my adopted country, the United States, the practice of the best of Chinese values, loyalty, hard work, devotion to family and friends. I plan to live the philosophy of Bruce Lee which has already influenced my life for the better.

写给美国大学的一封信

Biographical Statement:

I was born in the People's Republic of China and grew up in the city of Beijing. Like so many in my generation, I am an only child. The one child policy adopted by the government of China was a necessary, though painful decision for a country in which family is valued above all else. The results have hopefully rescued China from famine, which was beginning to seem to be inevitable. However, there have been massive social consequences of the only child policy which have been very personal. I, like so many in China, will raise my own family without aunts, uncles, or cousins. Indeed, I am in the last generation of Chinese who will have an extended family. I have grown up knowing that the hopes of my family focus exclusively upon me and that the responsibility for my parents, as they grow older, will be mine and mine alone. I am keenly aware that much is expected of me and yet, I have not been overly burdened by these expectations. Instead, I feel great pride in what I have accomplished.

在美国中学时

When I entered junior high school in Beijing, I came to my parents to discuss my academic future. I realized that fluency in English and confidence in the ways of Western culture are critical for success in this century. We decided that the best course of action for me was to leave home after the eighth grade and to come by myself to the United States. Here, I found myself at school virtually in the desert of California, in an alien culture, far from home. I mastered the language and the culture, and overcame many unexpected challenges. I initially found myself living with a family into which I was not welcomed as a foreign student but merely as a paying customer. I was only fourteen, a stranger in a strange place, without families or friends, and I had to learn how to cope and how to do so quickly. While my parents had anticipated that I would be included in family breakfasts and my lunches prepared with those of the family's children, I learned to fend for myself. I discovered how

在美国圆石滩球场享受风光

to stretch a dollar, to eat for less, and to choose wisely. Though the school day did not begin until 9am, I was dropped off at school when it was convenient for my "hosts". I was left alone, often in the dark, at 5am every morning, in front of my school. That experience, amongst others, made me stronger. I learned to use the time to fend for myself, to review homework, to get ahead in my classes, and to be the first one to greet new friends as they arrived later in the morning. I learned to be independent, to solve my problems, and not to complain. By eleventh grade, I found a new housing situation and discovered the joys of being part of an American family.

参加高尔夫球比赛时

My greatest passion in life has been golf. I love golf because golf is a sport in which the person you are really competing with is yourself. As a child I was often unwell. Before I took up golf, any setback

在英国

discouraged me. Golf taught me to face a setback, to compete with myself and rise to excellence. I have learned many life lessons from golf. When you are a golfer, you do not always play well. A new setback always awaits you. I have learned not to rest on my achievements but to work harder in preparation for the next round of golf, for the next test, for the next challenge which life will bring. Golf made it possible for me to rise above the situation in which I originally found myself in the United States and to continue to strive for my dreams.

Golf has also allowed me to be of service to others.I particularly enjoy the work I do each semester with the Oak Valley Golf Foundation. Each semester I spend as much as forty-eight hours after school and on weekends working in golf clinics for local children who are interested in golf. The young students come from all walks of life. The clinics are run in order to introduce youngsters to the game. It is my hope that my golf students will develop self-confidence through the game, just as I did. Children who are hyper-active can, I have observed, learn to focus by focusing on the game. Learning to putt often helps youngsters see that they can focus on a goal and achieve that goal. I have made coaching these young people a major activity in my life and it has been very satisfying on many levels. Someday, I hope to run similar golf clinics in China where children there can also discover, through the game, their own possibilities.

为汶川大地震组织募捐

于伯伯、汪教练：

您们好！看到中国汶川大地震的消息后，我的心情非常沉重。经过几天的思考，现在我有个想法，想请教您们，看是否可行。

我是一个中国留学生，祖国有了困难，我也想为灾区人民做点事情，所以，我想写一份倡议书，鼓励所有在美国洛杉矶的华人高尔夫球手及其家长为灾区人民募捐。因为我们对生命有着共同的尊重，更因为我们都是炎黄子孙，都是华夏儿女，都是中国人！所以，让我们伸出双手，献出我们的爱心，为受灾人民提供援助，帮助中国四川灾民渡过难关！

我想了一个募捐筹划方案：由我写倡议书，以橡树谷的名义组织募捐活动。方式可以采取组织义赛或其他活动（因我没有选手们的联系方式，所以，想请橡树谷将此项活动的信息发给每位球手和家长，请他们积极参予到这项活动中来），在橡树谷球场设置募捐箱，多少不限，可以自由募捐。不能到来的

我的少年 我的高尔夫

选手和家长，也可以将捐献的钱汇到橡树谷的账户内（将汇款的方式、账号公布于众），请他们注明款项的用途。最后，请橡树谷代表所有参与募捐的球手将所有募捐到的钱汇到中国高尔夫协会或洛杉矶的中国领事馆，再请他们转交给有关机构。您们看可否，请指教。谢谢！

最后，让我们向在中国四川汶川地震中遭遇不幸的罹难者表示深切的哀悼，向受灾人民致以诚挚的问候！

另外告诉您们一个好消息，我已经在我们的学校成功组织了募捐活动，老师和同学们很踊跃、很支持。

武 帅

2008年5月21日

在美国著名的圆石滩高尔夫球场

观看《唐山大地震》，泪洒一片

　　爸爸从北京打来电话，让我在网上观看国内正在热映的由冯小刚执导的电影《唐山大地震》，爸爸说："电影情节感人，看了两遍哭了多次。"

　　晚上复习完功课，我打开电脑，独自欣赏这部被爸爸推荐的巨作。我一口气看完，这部电影好似一枚家庭伦理的催泪弹，让我泪水巨流，好长时间我的情绪一直停留在电影的故事情节中，不能自拔。1976年那场发生在唐山仅仅23秒的巨灾，给无数的家庭带来了永生苦难，电影巧妙地叙述了其中一家人32年生死离别的情感生活。

　　这是一部主旋律影片，但人们能够在这部影片中看到更多真实的人性。导演试图让观众体会到，当绝境如噩梦袭来，被逼做出选择时，人们的现实处境。影片中失去丈夫的母亲，需要在儿子和女儿两个生命当中选择一个，摧毁最基本的骨肉亲情，这本身就已经足够震撼人们固有的道德观，但更为残酷的是，影片叙述了选择被做出之后，母亲、儿子和女儿三人的32年人生坎坷经历，以及由于选择所背负的悔、罪与怨，是如何让三人的人生轨迹一次又一次地出现转折的，让人甚感纠结。影片中所描写的地震中人性的怨愤和猜忌，是如何回归于包容与理解。身为母亲的主人公经受了常人未有之痛，硬是为亡夫和已倒塌的家庭坚守了32年，在思想上始终无法从灾难中走出，这也显示了中国母亲的道德守候和忠诚坚毅。影片中，母亲送儿随婆婆乘车离别又重逢、姐弟汶川相遇、母女32年后相见……这几个重要环节和场面，催人泪下，让人荡气回肠。

这部影片描述了一个理想主义的传统儒家社会所需要的价值取向：重义轻利、忠诚与坚忍、亲情至上。这些要素，都是当今人们需要追求的。影片中虽然出现了令主人公回归世俗社会的道路，但最终却一一被其拒绝，并最终借此实现了家人的大团圆，这也是让观众最感欣慰的。在世界上，我们的经济实力已经腾飞，但道德意识层面却出现了滑坡，我相信这部影片多少应对人们有所震撼。

我认为，对家庭伦理的强调是中国电影一直以来的特色，中国人最喜欢看的就是家庭伦理悲剧。虽然大地震并没有激发一种更高的哲思，但当今社会最值得继承发扬、最值得提倡加强的正是我们老祖宗留传给我们的人与人之间的慈爱和亲情，影片将此表现得淋漓尽致，我相信《唐山大地震》在中国将会变成一枚畅行无阻的催泪弹。

第三篇

媒体报道

◆《高尔夫》
◆《体育大观》
◆《高尔夫大师》
◆《高尔夫周刊》
◆《沧州晚报》
◆ 新浪网
◆ 中国高尔夫时代网
◆ 中国青少年高尔夫网

高尔夫球场上的少年才子

——访北京师范大学第二附属中学三帆中学学生武帅

北京有一个13岁的高尔夫小球手叫武帅，从9岁开始打球，至今已多次获得全国及国际比赛的冠军，并且成绩优异、全面发展。怀着对少年才子的敬慕之情，我高兴地见到了武帅和他的父母，我们一同追寻武帅的成长历程。

多才多艺的武帅

武帅，真是人如其名，长得像他的名字一样帅。虽然只有13岁，却长着一米七三的个头，一双充满智慧的眼睛。他头戴一顶遮阳帽，身着彩色条纹运动衫，米色长裤，腰扎皮带，再加上有条不紊的谈吐和彬彬有礼的待人接物，颇具绅士风度，这大概就是高尔夫运动的魅力吧！

武帅不但球打得好，而且好学上进、学习出色、多才多艺。他电子琴水平达到了9级，能惟妙惟肖地演奏许多世界名

6岁时的我

曲；他热爱创作，曾获得过全国明信片设计二等奖，全国"春蕾杯"作文比赛二等奖，北京市中小学生硬笔书法比赛一等奖；武帅连续6年被学校评为"三好学生"，连续3年评为优秀少先队小干部；目前，他以优异的学习成绩考入北京师范大学第二附属中学三帆中学实验班读书，真不愧是众多青少年高尔夫爱好者中的小才子。

培养兴趣　逐步积累

说起武帅打高尔夫球，源于一个偶然的机会。武帅的父亲平时喜欢高尔夫球运动，这一爱好也影响了年仅9岁的武帅。

2001年的一天，他随父亲来到高尔夫球场，与父亲的朋友一起打球。没想到从来没有接触过高尔夫的武帅挥起杆来却有模有样，比一些大人打得还要好。

也就是这次偶然的机会，使武帅喜欢上了高尔夫运动。后来武帅差不多放弃了其他的一切爱好，连达到9级的电子琴也放到了一边，专心钻研高尔夫运动。

在武帅成长过程中，其父母给予了很多关爱与支持，并以高标准对他提出要求。

现在许多家长都有望子成龙、望女成凤的迫切心情，但不能将家长的意愿强加给孩子。这一点，武帅的父母有着深刻的认识。父亲说："武帅很有天赋，这一点我对他充满信心。但是学习高尔夫是一个循序渐进的事情，是一个积累的过程。小孩子的发展要符合其自身的特点，要培养小孩的兴趣，让他在玩中成长。因此我们要求武帅不但要学球，更要学做人。即便他将来从事高尔夫专业，也必须是一个有文化的人，起码应该读大学。"

武帅的妈妈是一位喜欢运动的医务工作者。她对孩子打高尔夫给予了极大的支持，甚至在孩子训练时不辞辛苦，主动给孩子当球童。但她对于孩子的发展却有着自己的考虑。她说："我们并不希望孩子因为高尔夫就放弃了学业，因此我们对两方面都很重视。孩子现在还没有定型，等他到十六七岁，如果真有高尔夫方面的天赋，我们才会考虑以后的事情。"

就这样，武帅在打球的过程中从不耽误学习，在学校的支持下，他每星期二下午第三节课，以及周六下午都去教练处学习。当夏天可以打球时，家长则会在周六或周日安排武帅下场打一次球。

武帅于2001年6月开始接触高尔夫球运动，2002年就参加了全国和地区性比赛。他对高尔夫运动有很大的兴趣，通过参加一些比赛活动充分激发了他打高尔夫的热情，他善于动脑，练

和爸爸妈妈在北京

习刻苦，有股执著的劲头。父母发现他这一特点后，利用兴趣调动他的积极性和追求高尔夫的精神理念，让他将打球与学习有机地结合起来，科学安排时间，处理好练学矛盾，打球与学习互动互补，这使他学习和打高尔夫都取得了优异成绩。

武帅就是这样在父母的支持和鼓励下，一步步走向成功。

把事情做到尽头

武帅的成长并非一帆风顺，而是充满艰辛。但是他牢记父母教诲——"把事情做到尽头，决不半途而废"。

一个普通工薪家庭，支持孩子学习高尔夫可不是一件容易的事，高额的费用一般是难以承担的。所幸的是武帅以优秀的表现以及他的憨厚热心，赢得了非常出色的人缘。只有一面之交的朋友会愿意送给他一张会员副卡，他所遇到的三位教练都对武帅不错，其中魏京生教练和宋庆礼教练都免费为他授课，这为武帅的成长提供了更多的机会。

受惠于人，不能心安理得，只有取得更好的成绩才是最好的报答，父亲更是用军人特有的方式要求儿子。武帅没有辜负父母和教练的期望，他战严寒、斗酷暑、苦训练，把事情做到尽头。那一桩桩训练和比赛中的真实故事令我十分感动。

冻裂的双手

北京一年只有8个月打球的时间，从1月到3月多是寒风凛冽、哈气成冰的天气。就这样，武帅依然每周不间断地去球场练习，最冷的时候每周至少也要练一次。看到武帅那双冻裂的双手，妈妈心疼得饱含热泪。而武帅却从没有放松对自己的要求，依然驰骋在高尔夫球场上。

和知名教练宋庆礼老师

14个老茧

看到这个笑容满面的武帅，不难用阳光男孩来形容。正如"高尔夫"一词在英语（Golf）中，是由绿（Green）、氧气（Oxygen）、阳光（Light）、友谊（Friendship）这四个单词打头的字母组成的一样。

但是，从事高尔夫运动并非轻而一举，需要从精神到身体的高度付出。当武帅伸出那双孩童般的手，我大吃一惊。一个13岁男孩的手，却长满又厚又硬的老茧，数了数竟然有14个之多，而且不止一次地脱皮后又长出。我心疼地问："疼吗？"武帅笑了笑说："开始很疼，都是大血泡。现在已经练出来了，不感觉疼了。"这需要多么顽强的精神呀！同时也再一次验证了武帅做到了父母对孩子的要求——"把事情做到尽头"。

在比赛中切球

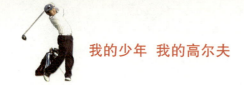

战黄山酷暑

8月的酷热是令人难耐的，就是什么事情都不做也会大汗淋漓。然而就是在这酷热的天气里，武帅到位于安徽省的黄山地区参赛。第一天，经过奋力拼搏成绩领先。可第二天，暑热让人透不过气来，地表温度达到60摄氏度，这对每一个参赛选手都是一次考验。此时，武帅体力已严重透支，几乎晕倒。但是"把事情做到尽头"的信念在支撑着他，妈妈的鼓励给了他战胜困难的勇气。于是，经过服药和短暂的休息，武帅又继续投入到比赛之中，依然保持战果第一的好成绩。

绕地球一周

打高尔夫球，主要运动是要走几公里长的球道和用杆击球。而高尔夫球场呈带状，铺设在一片开阔地上。标准球场长7000～8000米，球场设有18个洞，各个洞之间首尾相接的球道为100～500米不等。每个球洞起终点间设有发球区、球道、长草区、沙坑、水障碍和球洞区等。球洞之间一般相距90米和540米不等。

小武帅每次训练和比赛，就是在这样宽阔的球场上，背着长约1米左右的14根球杆，从一个球洞走向另一个球洞，每天平均要走10公里左右。这样算来经过几百场训练和比赛，累计他已经绕地球走一圈了。这对一个年仅13岁的孩子来说，也可谓惊人之举了。

捍卫五星红旗

在参加高尔夫运动的过程中，武帅逐渐长大了，成熟了，有思想了。不仅懂得打球，更懂得捍卫国家的尊严。

参加AJGA比赛

2003年6月，武帅和12位小朋友组成的中国青少年高尔夫球队，带着祖国和亲人的期盼，从北京首都机场起程，来到美国的圣地亚哥参加7月15日在这里举办的世界高尔夫锦标赛。这是中国第一次组队参加国际性比赛。但是，比赛开幕那天，他们看到来自台湾的选手竟然打出了所谓"台湾国旗"。于是他们毅然退出了比赛，因为世界上只有一个中国，台湾是中国领土不可分割的一部分。虽然未能参加比赛有些遗憾，但他们用行动捍卫了五星红旗的尊严。

今天的努力　明天的希望

不经历风雨，怎能见彩虹？武帅从9岁学球至今，已久经赛场，成为一名小有名气的高尔夫球手了。经过几年来的刻苦磨练，在全国及国际赛场上屡获殊荣。

2002年北京窑上高尔夫"迎春杯"比赛获C组第一名；

参加中国首届青少年比洞赛获冠军

2003年北京万柳"马基高杯"高尔夫开场赛获得第一名；

2003年3月28日参加Callaway世界青少年高尔夫比赛中国区选拔赛（9～10岁组）获第一名；

2004年5月参加北辰高尔夫俱乐部举办的R.A.A名人赛获第二名；

2004年7月赴加拿大参加温哥华地区BC省高尔夫比赛，并获五站总冠军；

　　2005年2月参加TRATB杯中国青少年高尔夫公开赛（11～12岁组）获第一名；

　　2005年8月获全国青少年锦标赛冠军；

　　……

　　现在，武帅不仅是天一高尔夫俱乐部的成员，而且被选拔到国家队，将开始新的征程。

　　"雄关漫道真如铁，而今迈步从头越。"对于武帅来说，今后的路还很长。他坚定地表示："请大家相信，今天的努力，一定会是明天的希望！"

　　衷心祝愿武帅——高尔夫球场上的少年才子，在未来的征途中，健康成长，再创辉煌！

　　（原载《情商家教》杂志　记者：张淑兰）

美丽邂逅高尔夫

武帅今年12岁，9岁的时候开始学打高尔夫。其实当初武帅学习打球是一个偶然，偶然跟随父亲与朋友在球场玩，偶然地一挥杆居然还打得有模有样，就这样高尔夫如同电子琴一样，成了武帅的业余爱好之一了。

虽然只有3年球龄，但武帅在青少年高尔夫圈早已成了一个知名球手。2003年经中国高尔夫协会的推荐去美国参加Callaway世界青少年高尔夫锦标赛。国内的孩子能有机会参加这样高水平的世界级大赛是非常难得的。上网查资料，向国外朋友打听情况……没有任何出国比赛经验的武帅一家为了这次比赛费尽了心思。

武帅的爸爸是军人出身，妈妈也是一名喜好运动的医生。普通的家庭，也让武帅有一个非常普通的心态来对待高尔夫这项运动。厚道朴实的父亲对武帅唯一的要求就是做好当前的每一件事。就如同小时候学习书法，后来学习电子琴，必须都是

在香港维多利亚海湾

学到一定火候方可再做他事。现在电子琴过了9级，武帅可以专心练球了。

普通的工薪家庭，支持一个孩子学习高尔夫实在不是件易事。所幸的是，武帅优秀的表现，以及他的憨厚热心为他赢得非常出色的人缘。只有一场打球之缘的朋友苏东波会愿意送他一张高尔夫会员副卡，让其有更多机会练球；热心的宋庆礼教练愿意每周两次为其免费授课。

受惠于人，只有取得更好的成绩才是最好的报答。本来就身为军人的武爸爸，更是用军人特有的方式来要求儿子。冬练三九，夏练三伏。北京一年只有8个月的打球时间，从1月到3月初的3个月多是寒风凛冽、哈气成冰的天气。就这样，武帅依然每周从不间断去球场练习，仅仅是把平时的每周两次，在最

和妈妈在美国

参加2006年中信银行高尔夫球比赛

冷时改为每周一次。每提起武帅那双冻得皲裂的手，妈妈总是不禁有些激动，"我都不知道这孩子哪来那么大的毅力，那风吹得我的脸生疼，他就穿着件薄毛衣站在打位上一杆一杆地打着……" 2004年 "雨润杯" 全国青少年高尔夫球锦标赛，摄氏40多度的气温下，孩子淌着汗坚持自己背球包打完18洞，最后险些中暑昏倒。

如同任何体育项目一样，高尔夫运动需要练习的不仅是技术，更重要的是一种意志品质的锻炼。这一点武帅父母比谁都清楚。

一个大多数青少年选手都要面对的问题盘旋在我脑际——武帅是否和胡牧、苏东，现在还有封悦等人一样会选择出国读书、打球的生活？妈妈答道："应该不会，武帅现在年纪还

与西蒙尼斯在英国

小，以后是否一定当职业球员还很难说，我们只希望他现在以学习为主。"

　　武帅因为打球结识了苏东一家，并成了很好的朋友，在苏东一家的帮助介绍下也开始经常参加国际比赛。现在武帅英语口语已经相当流利，在国内比赛时还经常自动请缨给外国选手当翻译。不仅如此，武帅现在的生活也相当西化，喜欢的音乐都是西方古典的或流行的音乐，就连饮食也是非西餐不饱了。今年武帅要参与世界高尔夫积分排名，这样每年都要去加拿大、美国打几场比赛。这是武帅最期待的事情，打球、结识朋友、开阔眼界，也许重要的是还有诱人的西餐可以吃过瘾。

（原载《高尔夫》杂志2005年第9期）

培养兴趣、逐步积累

——武帅父子谈高尔夫的学与教

武帅，Aio杯全国青少年高尔夫球锦标赛男子C组冠军，今年12岁，在"张连伟杯"青少年高尔夫球邀请赛的第一轮，又打出71杆的好成绩，目前暂时领先。

在名商高尔夫俱乐部会所里，武帅跟记者谈到了自己的学球历程。4年前，武帅的父亲将小武帅带上了球场，让他将之作为锻炼身体的运动，没想到高尔夫却一下子就吸引住了具有良好身体条件的他。"开始还以为挺简单的，后来试着打才知道高尔夫并不是一个容易的运动，但它却十分的吸引人。"武帅从此便跟高尔夫结下不解之缘。

在将近4年的时间里，武帅先后师从赵贻贤、魏京生及宋庆礼等教练，最早参加"贺龙杯"即取得不俗的成绩，目前最好成绩是在美国的记录——68杆(蓝Tee)。

武帅球打得好，同时也是一个好学生，他说："我现在最努力的还是学习，学习才是最重要的。因为即使是打球，也是

天一高尔夫少年队队员

要用头脑去打的。"他总结了一条理论——打高尔夫，从语言方面需要文科，从挥杆方面需要理科。他现在每周一般会练球3次，其中有一次是下场的。他说这跟学校学习并不冲突，老师也十分支持他，每周有一天最后一节是体育课，就给他放假回去练习高尔夫了。

尽管打得很好，但武帅并没有任何自负的表现。他说："这一次比赛我的目标很明确，就是拿冠军，因为再过3天就是我的生日，我想拿个冠军作为我的生日礼物。但是，对于以后是不是一定要在高尔夫方面发展，我没有明确的目标，我爸爸也没有这样的要求。"

家长通常对自己的孩子都有"望子成龙，望女成凤"的迫切心情，武帅的父亲又是怎样看待自己的孩子学习高尔夫的

和世界球星加西亚在北京

呢？"武帅很有天赋，这一点我对他充满信心，但是高尔夫是一个循序渐进的事情，小孩的发展要符合他的特点，要培养小孩的兴趣，让他在玩中成长，不但要学球，还要学会做人，培养他的综合素质。"武爸爸说。

　　武爸爸对自己的孩子有很高的要求，但他并不给孩子这些压力。他说："他必须是一个大学生，如果他将来打高尔夫，也必须是一个有高文化的人。高尔夫是一个积累的过程，也许到他15岁的时候吧，会根据他的发展情况，考虑将武帅送到国外去学习，不但学习高尔夫，也可能考虑在国外上大学。"

（新浪网报道）

武帅妈妈点评爱子

由中国高尔夫协会主办、北京九州盛世文化传播有限公司承办的VOLVO中国青少年冠军赛10月5日在北京CBD国际高尔夫球会圆满举行。经过1轮排位赛和3轮比洞赛的艰苦角逐，来自广东的4位选手权达、张玉阳、邵永亮和王欣包揽了两个组别的全部4项冠军，从28位中国顶尖青少年选手中脱颖而出。武帅在这次比赛中拿到15～17岁年龄组的第三名。

记者赛后采访了参赛选手武帅的妈妈。武妈妈因为家中这个小小高手，俨然已经成为很专业的高尔夫业内人士。

话题是从此次比赛中武帅的表现说起，武妈妈乐呵呵地说，武帅这次的表现需要一分为二看，要是论成绩不是很满意，但是一些表现还是可圈可点的。首先，从武帅的比赛成绩来看，三次试场武帅的成绩分别是76、74、72，其中76杆的成绩还是在金梯打出来的。而真正到了比赛当中，尤其排位赛，武帅的成绩到了82杆，这点连武妈妈也是相当吃惊。武帅妈妈

VOLVO CHINA JUNIOR CHAMPIONSHIP

VOLVO 中国青少年冠军赛

北京CBD国际高尔夫球俱乐部 10月2-5日

BEIJING CBD INT... ber 2-5 2006

WATERFORD CRYSTAL

VOLVO

冠军赛获奖

表示，这多少跟心理状态有关。因为武帅是刚满14岁，所以直到28号，武帅和家人才知道分组被分在了15～17岁年龄组。之前武帅一直按部就班地练习，因为在他的年龄组，他还鲜有对手。而在15～17岁年龄组，则有着像叶剑威、谢智、权达这样打过业余巡回赛的选手，他们的比赛经验相当丰富。武帅临阵磨枪，匆匆练习了两天就参加比赛了。

10月3号的比杆赛进行得不是很顺利，武帅在这轮打出了82杆的成绩，排名第六。4号就开始了残酷的淘汰赛。上午，和武帅对战的是排名第四的选手谢智。从比赛的表现上来看，谢智也没有完全发挥出实力，武帅则向来比较喜欢当面对决的比洞赛，因此比较轻松地就战胜了谢智。下午，武帅要对战的是叶剑威，这名和武帅一样身负盛名的少年高手，在技战术安排上更胜一筹，武帅也因为自己的推杆发挥不佳而没有顶住，最后负于大豹（叶剑威乳名），结束了这一天36个洞的艰苦比赛。5号，武帅与来自重庆的选手黄光典对决，几乎没有悬念地赢了对手，获得了所在年龄组的第三名。

　　武帅妈妈表示，她认为最好看的比赛要数比洞赛第一场。武帅以前对于比洞赛很感兴趣，比赛带来的压力会让他很兴奋。这次也是，武帅的长杆比较好，每次都差不多要比对手远五六十码，这在心理上给对手造成了一定压力。最不好看的要数第一天的比赛，对手利用规则营造出来的对抗压力，使得武帅有点乱了节奏，出现OB下水等状况，同时出现了5个三推，最后以82杆收场，这个成绩不管是武帅自己还是父母、教练都是很不满意的。还好，这样的情绪并没有带到第二天的比赛。武帅妈妈认为儿子的表现主要还是心态的问题，一方面果岭的难度让他不适应，另一方面对手打乱节奏，再有就是最近武帅的推杆不是很好，对于这一点，他自己也不是很有信心，

中国首届青少年高尔夫球比洞赛4名获奖冠军合影、
（从右至左我、王欣、古国燕、叶剑峰）

就使得发挥上也有点乱和失常。武帅妈妈始终在乐呵呵地谈着
武帅的表现，从她的言谈里面，不难发现武帅的大度豁达、宠
辱不惊是家庭所带来的。不管是出色还是失常，不管是自身因
素还是环境所致，武帅妈妈无论是在现场还是赛后，谈及儿子
的表现总是那么泰然。她相信儿子、理解儿子，这样才是对孩
子最大的支持。

武帅的暑假都是十分忙碌的，先是代表中国赴英国参加世界青少年锦标赛，拿到银组第三名。然后又飞赴美国，参加了美国一系列的SCPGA（南加州青少年巡回赛）的比赛。这个巡回赛一年有100多场比赛，武帅因为之前参加过美国的一些比赛，并获得名次和积分，因此有资格参加这项赛事。在他所参加的6场比赛里面，武帅拿到了两个冠军，其余四场排名是第二、三、四。对于这个成绩，武帅妈妈没有什么评价，她始终认为，比赛带给武帅的教育意义和比赛经验，比比赛结果要更为重要。

　　采访间隙，一直在练球的武帅回到座位休息，对于比赛他印象最深刻的就是在美国的一场比赛。印象深刻是因为比赛的球场属于瘦长型的Z型球场，当时有风，武帅有意做了一个球，没料到恰好来了一阵大风，本来恰到好处的球一下子飞越了3

获得美国SCPGA年度冠军

个球道。这场比赛武帅是并列冠军，通过加赛最终第二。这个时候，武帅完全露出了孩子本色，对于他而言，有教育意义、有好成绩，甚至没有比这样的趣事更让他开怀的了。武帅妈妈说："那一场比赛我都没跟着，因为那个球场根本没地方躲，设计得太紧凑了。"对于妈妈跟着是否能带来好成绩，武帅和妈妈耍起了太极，他认为也不是每次妈妈跟着就能打得好。而妈妈则举出例子来证明自己陪打武帅的良好表现。娘俩乐呵呵地斗着嘴，看来，高尔夫在这个家庭里面始终都是欢乐的源泉。

　　武帅接着去练球了，记者谈起这次比赛北京报名的选手还没有去年拿奖的选手多。武帅妈妈说："这个跟地方的培养观念有关系，广州高协培养的都是竞技型选手，而北京的孩子大部分都是以学业为重。像傅中杨这样的小小高手已经飞赴大洋彼岸接受高中课程教育了。接下来，武帅、赖一诺这些孩子也可能要出国读书，还有一些孩子他们也是以学业为重，球技不差但是没能参加很多比赛。但是，北京孩子练球的群众基础正在飞速扩展，出现高手也不过是时间问题。比如现在在天一，每天都会看到很多来练球的孩子，除了天一少年队、天一三小球队，每次来都会看到新的孩子，有的孩子条件动作相当不错，等的就是时间、就是练习。"

　　说到练球，武帅在美国期间到橡树谷学院练习了一段时间。武帅妈妈谈起这段不长的时间，认为武帅的收获还是不小。武帅妈妈说："武帅年龄比较小，对于一些技战术安排还

与汪志毅
教练在美国

不会用。在美国期间，汪志毅教练虽然很忙，但是还是抽时间给武帅上课，现在的一些技术，武帅已经能够熟练运用。时间太短，武帅只能接受一些心理战术上的课程，而正好，武帅也正是比较缺乏这方面的知识。"谈到过往的教练，武帅妈妈说："这些教练都给予武帅无私的教育和帮助，如果说武帅算是有一点成绩，那么跟这些教练、跟帮助过武帅的人都是分不开的。好好练球、好好读书，取得更好的成绩，才是武帅应该做的。"

结束了访问，武帅妈妈的心境久久影响着我。那种宽容、平和、淡定却又始终开心、积极向上的心态，对于一个生活在忙碌社会中的人是多么的宝贵，更不要说，这种心境对于一个正在成长的孩子有多么的意义重大。这是一种高尔夫选手成功所应具备的素质。从武帅妈妈身上，我们有理由期待武帅会成长得更加出色。

（新浪网报道　记者：卓见）

汪志毅教练指导武帅训练

  2005年8月28日，在美国橡树谷高尔夫学院接受了一个多月的密集培训的武帅登上了返回北京的航班。7月20日抵达美国以来，武帅在橡树谷高尔夫学院主教练汪志毅和助理教练埃里克·里奥(Eric Riehle)的陪伴下，参加了一系列当地的青少年比赛，期间不仅取得了丰硕的成绩，对于刚刚年满14岁的武帅来说，经验上的收获显得更加宝贵。

  7月24日，时差还未完全调整过来的武帅就参加了在加利福利亚帕特森举行的一场AJGA-Nike青少年挑战赛，面对大自己3岁的对手，武帅在3轮比赛中表现非常稳定，最终在参赛的70多位小球员中排名第八位。

  回到橡树谷高尔夫学院，汪志毅教练根据武帅比赛中显露出来的问题对其进行了精心的指导，助理教练埃里克更是每天都陪在武帅左右，时刻对他的训练进行辅导。8月2日～17日，武帅连续参加了4场南加州青少年比赛(SCPGA)，其间3场赢得了第一名。8月2日参加的第一场比赛——洛杉矶乡村牧场青少年

汪志毅现场教学

锦标赛(LA County/Mountain Meadows Jr. Championship)上，武帅完成18洞比赛后处在并列第一的位置，遗憾的是随后的延长赛上惜败对手，最终获得第二。

在橡树谷高尔夫学院集训期间，武帅还与"师兄"廖俊豪聊了不少高尔夫的相关话题。作为汪志毅教练的得意门生，廖俊豪现在是亚利桑那州大学高尔夫队的成员，明年廖俊豪将按计划转为职业球员。与"师兄"交换心得、学习经验，使得武帅更好地融入到橡树谷的教学氛围当中。

8月21日～25日，武帅连续参加了两场南加州地区级别最高的青少年比赛。这个级别的比赛只有在之前参加的初级赛中获得前三名的球员才有资格参加。

21日～22日举行的Metro Tournament of Champions I比赛，武帅第一天打出72杆。第二轮比赛，首日领先的Boris Stantchev连续在Par4的第三洞和Par5的第四洞拿下两只"老鹰"，最终以低于标准杆3杆的69杆结束比赛；武帅第二轮打出73杆，总成绩名列第六。休息了一天，武帅紧接着出战24日～25日举行的Desert Tournament of Champions I比赛。两轮比赛，武帅分别打出75杆及74杆，最终获得第四名。

8月13日才满14周岁的武帅此次参加的都是14～15岁年龄组的比赛，因此他几乎是参赛球员中年纪最小的一位。能够在

比赛获奖

和北京天一高尔夫俱乐部总经理
毕剑萍在美国

美国南加州最具实力的青少年球手参加的比赛中取得这样的成绩，很好地显示出了他的实力。赛事期间，武帅还结识了一些一同参赛的华人小球员，其中也有汪志毅教练的学生陈伯伟、蒋玠珀等，小选手们在一起聊得很愉快，相处甚欢。

其间，北京天一少年队领队毕剑萍女士还特地到美国为武帅加油。作为天一少年队的老队员，武帅在国内的青少年比赛中已取得了不菲的成绩。2005年8月，Aio杯第十一届青少年锦标赛上，武帅获得了C组(11～13岁)冠军；今年2月，他入选BMW中国青少年高尔夫球队，并随队伍赴美国进行集训；4月举行的BMW亚洲公开赛上，武帅、胡牧、傅中阳、权达、支上、叶剑峰六位小将与六位国际球星联袂参加了明星挑战赛；5月初，北京举行的首届中国青少年比洞锦标赛，武帅获得男子10～13岁组冠军。

虽然美国之行使得武帅错过了国内举行的两场最高级别的青少年比赛，但是在橡树谷高尔夫学院集训的这一个多月，相信武帅的收获并不亚于在国内获得两个冠军奖杯。

（新浪网报道）

阳光少年——武帅

　　《高尔夫大师》的希望工程——阳光少年，献给即将到来的"六一"儿童节。

　　这是国内第一个由媒体做出的青少年综合排名，我们综合了业内权威人士的建议，从国内16岁以下的高尔夫青少年球员中选出《20位明日之星》；《为了孩子》是对那些多年来对中国青少年高尔夫球不断做出贡献的城市、企业、球会及个人的感谢；国外部分，GOLF DIGEST对曾经关注过的10位少年的《6年回访》，看看6年之前的孩子们如今选择了怎样的道路；《高尔夫三兄弟》则讲述了一家兄妹一路走来的故事；每个选择高尔夫的孩子身后，总有着无私奉献的家长们，正是这《18教父》，亲手打造了这些天才孩子们的成功或失败。

　　武帅用了1年时间超越父亲的水平，之后开始参加国内的青少年比赛，取得了不错的成绩，利用暑假时间，他还到加拿大、美国打球，参加那里的青少年比赛，经验和球技方面都有

中国高尔夫协会副秘书长王立伟为我颁奖

收获。

　　现在武帅在北京天一青少年高尔夫球队练球，每个礼拜大概练3～4次，尽管马上就要上初三了，课程比较紧张，但从来没有因为打球影响功课。每次练球都是先在学校把作业完成，然后再去练球，如果作业实在太多，就先去练球，等回来之后再把功课补上，决不拖欠。

　　想要协调好二者的关系还是比较困难的，所以很多球员往往都会有各自的倾向，或者学习，或者打球。而解决这个问题，武帅的回答是：学习第一，但练球也很重要，所以练球一

在美国PGA比赛主场圆石滩

定要保质保量。练1个小时，就要有1个小时的收获。谈到将来的打算时，回答很简短："以后想打PGA。"略带羞涩的语气中，透出的是年少志气。

（《高尔夫大师》2006年5月）

武帅决定赴美深造

北京时间11月26日消息：中信银行青少年高尔夫球对抗赛在观澜湖诺曼高尔夫球场开杆，全国90名少年精英参加了此次比赛。

由于本次总决赛，家长不能随选手下场，组委会特意安排家长们在休息室交流沟通。虽然是青少年比赛，但是家长阵容绝对不亚于选手阵容。家长们在看完孩子开球后，都聚集在休息室等待孩子的表现。

不能跟孩子走18洞有点可惜，但是本次中信银

我在天一青少年高尔夫球队

与美国橡树谷高尔夫学院于院长、世界女子球手曾雅妮在一起

行无意中提供了一个家长座谈交流的好机会。天南地北的家长从自己的孩子谈到了世界球星，从孩子的高尔夫训练谈到了日常生活，从孩子开始接触高尔夫谈到了将来的发展，从国内的高尔夫环境谈到国外的高尔夫环境。长达几个小时的交流，让

很多家长产生了共鸣，尤其是自己的孩子面对相似问题的家庭会共同探讨，寻求解决方案。

武帅的父母也在"座谈会"现场，同座的还有徐乐的父亲、刘思言的父亲等等。据武帅的父亲介绍，武帅9岁开始练球，当时是武帅父亲的一个从日本回来的朋友让武帅第一次接触到了高尔夫，看到武帅的挥杆动作有模有样，所以建议武帅的父亲给武帅请一个教练。在教练的指导下，身体条件和身体素质不错的武帅进步很快，并且在不久后的一次比赛中取得了非常好的成绩。这样的高球经历让武帅喜欢上了小白球，并投入了更多精力练习。

在同龄人中，武帅不仅球技出众，个性相对成熟稳健，学习成绩也很好。在中学升学考试中，武帅以第一名的优异成绩升入初中，在初中学习过程中，武帅在父母的建议和帮助下，合理分配时间，在坚持练球、参加比赛的同时，还保持了中上等的学习成绩。

在国内高尔夫运动的大环境下，青少年选手随着年龄的增大，都会面临学习与练球能否合理共进的问题，武帅也面临同样的问题。在一家人的认真考虑之下，武帅决定去美国读高中、到橡树谷高尔夫学院去练球。"中国与美国的教育体制不一样，孩子在国内的高中是不可能打球和学习共同兼顾的。而美国的教育相对强调个性，给孩子的个人空间会更大，业余时间也会更多，所以我们考虑让武帅去美国。"武帅的父亲介绍。之前，武帅与母亲曾经去了美国橡树谷高尔夫学院考察，那里的练球环境、教练以及学习条件可以满足像武帅这样既热爱高尔夫球运动又想保证学习的孩子们的需求。

"橡树谷高尔夫学院有自己的球队，除了有专门的教练指导技术，还会创造很多比赛条件。"武帅父亲表示，武帅与母亲应该会先过去，到时母亲会适当照顾、帮助他适应生活。

2006中信高尔夫比赛时，与羽毛球世界女子冠军李玲蔚、
其子闫鹏在天下第一城球场

BMW中的青少年高尔夫球赴美集训

北京选手武帅作为华北B组男子冠军闯入总决赛。早上9点10分，武帅与罗文浩、闫鹏等同组从第一洞出发。

又讯：中信银行青少年高尔夫球对抗赛总决赛在深圳观澜湖球会诺曼球场圆满落下帷幕。男子A、B、C、D、E组冠军分别是叶剑锋、武帅、刘宇翔、窦泽成、关天朗；女子A、B、C、D、E组冠军分别是徐乐、肖蕙、王欣、林希妤、王梓漪。

上午8点30分，总决赛开球仪式在观澜湖球会赛事广场举行。中信集团董事长、中信银行董事长孔丹先生，中信银行行长陈小宪先生等领导出席了开球仪式，孔丹董事长致辞并亲切与小选手们合影。孔丹董事长表示，中信银行青少年高尔夫球

比赛中

对抗赛是中信银行送给全国青少年高尔夫球爱好者的礼物，中信银行在未来将继续送出这份礼物。对于总决赛，孔丹董事长希望小选手们拿出勇气、拿出本领，征服这座亚洲最难的球场。

经过三个赛区的筛选及预热，本次中信银行青少年对抗赛已经深入民心，并在全国各地掀起青少年运动的热潮。中信银行也借此机会，举办盛大的全国总决赛，并承担了所有参赛选手的交通、食宿和打球等全部费用，以进一步表达中信银行推动中国青少年高尔夫运动发展的决心，也为贵宾客户提供更为优质、周到、全面的服务，将自己的贵宾服务理念展现无遗。

男子B组和女子A组的争夺一如赛前预料的那般激烈。武帅与罗文浩的较劲持续到最后一洞，罗文浩一杆领先占得先机。然而第18号洞，在武帅吞下柏忌的情况下，罗文浩却没能把握机会，反而以双柏忌"回敬"对手，两人不得不进入加洞赛。此时双方气势已呈一边倒，武帅轻松击败了情绪大受影响的罗文浩，喜获冠军。

（新浪网报道）

到美国实现高尔夫理想

　　14岁的武帅个子很高，足足有1.80米。他的身型结实，一看就是打球的好材料。现在美国橡树谷高尔夫学院学球的他，得到了教练Eric和汪志毅总教练的认可。武帅在美国青少年比赛中打得非常不错，3月底，他在Seven Hill春季精英赛拿到冠军；6月初，在亚利桑那州哈瓦苏湖全明星比赛中拿到并列第三，从而取得了参加更高级别比赛的资格。武帅的家人希望他能走一条读美国中学，打美国青少年比赛，经过NCAA大学联赛历练，最终实现高尔夫职业理想的路。

　　1992年8月出生的武帅，9岁时因为父亲才拿起球杆。当时是武爸爸从日本回来的朋友让武帅挥起第一杆，看孩子挥舞得有模有样，这位朋友建议武爸爸给武帅请一个教练。那次的偶然，改变了武帅一生。喜欢上高尔夫的他，放弃了书法、电子琴，一头扎进了高尔夫。为了锻炼球技，武帅每周从不间断去球场练习，即使在最冷的严冬也只是把平时的每周两次，在最冷时改为每周一次。

　　严格的要求带来了武帅的成绩。他先后在北京市青少年高

比洞赛获得冠军

尔夫"迎春杯"比赛、Aio杯第11届青少年锦标赛、中国青少年比洞锦标赛以及中信银行比洞挑战赛上拿到所在年龄组的冠军。随着武帅球技越来越好、学业越来越重,考虑到他的长远发展,今年3月份父母下决心把他送到了美国橡树谷学院学球,同时到附近的Mesa Grande中学就读。现在,武帅在那边念九年级,相当于国内的初三,将在2011年高中毕业。他很习惯美国饮食,特别喜欢吃加州卷,性格开朗,和同学相处不错。为了照顾武帅,武妈妈在橡树谷华人的帮助下租房、开车、做武帅监护人,忙得不亦乐乎;相隔万里的武爸爸则只能晚上在网上和妻儿聊天。一家人的生活因为武帅的理想而改变。

短短几个月间,武帅在南加州14～15年龄组的积分排名中

参加全美AJGA比赛获冠军

已经升到前五名。武帅希望明年有足够的积分去打青少年系列赛中最高级别的公开赛。而4年之后，他希望自己能通过高尔夫，拿到美国大学的奖学金，进入大学校队。"我的目标是去加利福尼亚读大学，读亚利桑那大学或者斯坦福大学。"亚利桑那是LPGA大姐大索伦斯坦的母校，斯坦福则是老虎伍兹曾经的选择，武帅志向不小。

国内的青少年选手中，比武帅大4岁的韩韧，2003年移民加拿大，现在已经拿到了印第安纳大学的邀请，准备8月底去学校报到，他将成为中国内地第一个进入NCAA大学联赛的选手。或许，这个韩哥哥正是武帅的榜样。

（新浪网报道）

高坛小才子武帅

　　在国内众多的青少年冠军球手中，武帅可谓是多才多艺的小才子，他弹得一手好琴，电子琴水平达到9级；又写得一手好字，在北京中小学生硬笔书法比赛中拿过一等奖；文笔出众，曾获全国"春蕾杯"作文比赛二等奖；还很有艺术天赋，夺得过全国明信片设计二等奖；喜欢篮球、棒球、网球、羽毛球、乒乓球，在球类运动中是位多面手，大球小球玩得多了对他打高尔夫提升球感也很有裨益；武帅还爱看书，书看得也杂，但不是那些国内外名著之类的书，带有历史或地理等悬疑情节的书最能够激发他的阅读乐趣。

小时候

这篇报道刊出时，年仅14岁的武帅已经远在美国的洛杉矶开始了他的留学生涯。

　　他的爸爸说："我们并不给他设计什么目标，未来的发展还要靠他自己努力。另外，他的学习要放在第一位，必须有文化，即使将来走上职业球手的路，他也首先必须是名大学生。美国的高尔夫球环境比国内更好一些，对他发展更为有利，他可以一边上学，一边打球。会有更多的选择和更多的机遇。"

　　"在美国那边，英语课会适当安排得多一些。"武帅说："历史课在美国是最难的科目之一，其中不仅包含有美国历史，还有亚洲历史、中国历史，甚至有些方面讲得比国内还要深入，也可以说美国孩子比中国现在的孩子对中国古代的东西懂得还要多一些。我最喜欢的就是历史。"

　　"在美国的大学里，最想去UC系统的大学，或斯坦福在美国排名较靠前的大学，可能会学工商管理或经济类的专业。我以后并不想把毕生的精力都用来打高尔夫，一边打球，一边开自己的公司，可能更好一些。澳大利亚著名球手'大白鲨'Greg Normam，40多岁时开了自己的公司，我希望也像他一样，边打球边开着自己的公司。"

　　现在美国橡树谷高尔夫学院的汪志毅教练负责武帅的长杆和心理训练，球场实战则是由Eric负责。曾经有过打到第11到13洞之间注意力不是很集中的现象，汪教练为他分析原因时告诉他，一方面可能是思维定式的影响，总想着自己会在这几洞有问题；另一种可能就是他在球场上食物补充得过晚了。以前武帅总是在第9洞补充食物，如果提早到第6、第7洞时可能会好一些。

1992年8月出生的武帅，9岁时开始接触高尔夫球，2002年第一次参加北京市青少年高尔夫"迎春杯"比赛，就获得了C组第一名。爸爸这样评价武帅："打球方面来讲，他比较善于动脑，爱琢磨，也很执著，但是还不够细致。因为最初学球时基础不扎实，也走过不少的弯路。尤其是去美国参加了一段集训之后，发现过去在国内学的东西跟国外老师讲的不是很一致，美国更规范一些，国内只注重挥杆和打远，不太注重握杆、站位等最基础的东西。"

参加美国青少年高尔夫协会（American Junior Golf Association，简称AJGA）组织的多项美国青少年高尔夫球比赛，是武帅未来走上职业高尔夫舞台的必经之路。对未来的职业球手来说，AJGA的赛事只是万里长征的第一步，之后还有大学联赛、业余赛、Nationwide Tour，一个阶段比一个阶段难，最后只有少数的佼

练　球

参加全美
AJGA比赛

佼者才能进入美国PGA职业赛场。AJGA既是展示青少年球手实力的舞台，也是青少年球手们赢得大学奖学金的一个绝好途径。通常美国大学都会以青少年球手在AJGA上的表现作为吸纳入学以及发放奖学金的衡量标准之一。

打进美国PGA是武帅的目标。"打进美国PGA很难，像我现在的教练Eric，平平常常就能打68杆的人，都没有想过要去打PGA。不过我还是想去试一试，当然会一步步地来。当打美国业余赛的时候，我会考虑回国打亚巡赛，打到Nationwide的时候，会同时考虑欧巡赛。"2003年7月底武帅曾在美国打出过68杆的最好成绩，"美国球场的果岭草软，修剪得比较薄，在果岭上推杆速度很快，但同时你又很容易在攻果岭的时候拉出Spin。而北京球场的果岭如果速度快的话，果岭就会很硬。"

曾有两场比赛迄今让武帅记忆犹新，两场比赛都是打了延长赛才决出胜负。一场是2005年岁末的中信银行青少年高尔夫

在美国球场训练

球对抗赛总决赛，"我前9洞输了3杆，到第16洞才追平，直到最后一洞还输对手1杆，那时超级紧张，我打了一个柏忌，罗文浩却打了一个双柏忌，最后在延长赛我赢了。"另一场同样是2005年的7月，在美国南加利福尼亚举行的一场青少年比赛，他与四个人都以75杆并列第一，四个人同时进入延长赛，结果四个人在延长赛的第1洞又一次打平，进入延长赛的第2洞时，武帅第2杆没有上果岭，打了柏忌，最终他只拿到了第二名。

在国内外的球场打球，很多时候是妈妈陪伴着武帅，而有一次经历让武帅特别感动，那是在美国旧金山举行的一场AJGA

Nike Tournament的比赛，当时天热得点把火就能把空气点燃，妈妈却坚持跟他下场走完18洞。因为当时那个球场草比较深，球万一打到长草里，就比较难找，所以妈妈总是走在前面帮武帅看球的落点。当打到第12洞的时候，同组的一名青少年球手球打偏了，正好打在妈妈的胳膊上，胳膊当时就肿起来了。"为了不影响我，她一路忍着没有跟我说，但到了第17洞，伤势愈加严重了，妈妈看上去昏昏沉沉的，像要睡着了一样。"

武帅说自己做事心还不够细，在学校考试时，他总是习惯先在卷子上答题，然后再往答题卡上誊写，题虽然做对了，有时却因为马虎常会因答题卡划错行而被扣分。"我打球时也有

和妈妈在旧金山

这些毛病，技术方面的素质具备了，但有时在处理具体情况的时候心还是不够细。"

"看大牌球手打球，无论球打好打坏，他们的表情都是一样的，心态调整得比较好，即使有打得很好的球，兴奋之后也会很快归于平静，而我打得不好的时候很容易急躁。如果自始至终都能以同一种心态去打球的话，我想我会打得更好。除了心态，我想比赛经验方面还需要进一步提高，多打一些比赛。"与高手过招是提高自己的一种有效方法，他曾与张连伟在大众大师赛上有过配对赛的经历，也有在上海BMW亚洲公开赛上与世界级球星佛度、西蒙尼斯同组比赛的光辉时刻，武帅认为与水平比自己高的球手同场竞技，可以帮助他想到自己以前在场上没有想到或不曾预料到的东西，丰富更多的比赛经验并开阔自己的视野和想象力。

在学校里，武帅曾听心理专家讲过怎样在学习紧张的情况下给自己减压的方法，听完之后，他就把这些知识用到了打球上，"当我觉得非常烦恼的时候，就会盯着自己的手指看，看上1分钟，或是憋气，憋30秒，心里就没有烦恼了。每当球打坏了，心情会不好，我就会用这些心理专家讲过的方法来调整自己。"

"人们经常会提到'高调做人，低调打球'这句话。高调做人我理解就是，高尔夫需要自信与霸气，要挺胸抬头地做人，没有自信与霸气是很难赢得比赛的；比如Tiger的霸气，从他的眼睛里能够看到那种从内心里出来的霸气。低调打球我理

参加上海BMW杯高尔夫亚洲公开赛

解就是，每次比赛不要给自己太大的期望值，压力越大，紧张程度也就越大，球反而打不好。"

身高是高尔夫职业球手的先天优势之一，要么身材高、要么肩膀宽，挥杆半径都会相对大一些。挥杆半径大了，杆头加速度就会大，击球距离也就会更远。武帅说最近自己的身高长了一点，而且膝盖弯下去就会有点疼。现在年仅14岁的武帅，还正在长身体的时候，将来身高达到一米八以上像爸爸那样的身材想必应该问题不大的。

（《体育大观》2007年3月上半月刊）

球技——橡树谷教练指点武帅 如何操作力道欠缺的挥杆

在将球击出以后，你经常会发现自己在40英尺以外的3个推杆动作在运动过程中丢失了它的力度。无论是错误的判断了速度或者低估了推杆时的停顿，这里有一个既有趣又简单的练习来帮助你解决力道欠缺的推杆。

为了更好地判断球速和突变，应该带两个球到推杆果岭，选择一个你在球场上用起来不太顺手的长推杆，研读推杆，然后用手把第一个球朝着球洞滚去。

从第一个滚出去的球获得反馈信息以后，开始推第二个球。最重要的是，要集中注意力用手掌握住推杆，然后用推杆击出流畅、富有节奏感的一球。

做这个练习7～10遍，然后找一个伙伴，一起按照这个训练要求进行一个小比赛。这时，你会发现原来力道欠缺的推杆发生了明显的变化，这时你就可以开始尝试推出较远的一杆来代替3次短距离的推杆动作。

与教练Eric在一起

武帅朝着指定的球洞滚球，
Eric在一旁观察

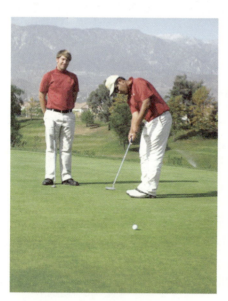

武帅朝指定的球洞推第二个球，
Eric在一旁观察

武帅和Eric一起把球滚
向指定的球洞

教练助理：Eric·Riehle

职务：橡树谷高尔夫学院专任教练

最好成绩：橡树谷高尔夫球场最低纪录保持者(61杆)

（《高尔夫周刊》报道）

武帅：高尔夫、学业两手抓

——STUDYING ABROAD丨小留学生

2007年3月，武帅一家人的生活轨迹都改变了。

原来在北京师范大学第二附属中学读书的武帅如今在美国洛杉矶就读的学校叫Mesa Grande中学，距离他学球的橡树谷球场很近。从北京到南加利福尼亚州，对武帅来说，好像一切都改变了。

"先说学校吧，"武帅的口气里尽是新奇的快乐，"我觉得，美国的学校跟北京的不一样，以前我们上课，同学都坐在一个教室里，看着老师换，现在是我们不停地换教室。美国同

18岁时的我

学也比较热情，老师也很照顾我。我是班上唯一一个打高尔夫的，同学对我都特别友好，他们总让我带他们去球场看看。平时我和同学一起打篮球，本来校队想让我去打篮球的，可惜我没时间。上次我去参加比赛，有三四个要好的同学跟我走了18洞，他们看着我夺冠，都为我开心。"

这一年武帅是插班生，不算成绩，他给自己定的任务是适应环境，学好英语。以前在国内读的是数学试验班，到了美国，理科依然是他的强项，英语阅读也还好，最让他花心思的是历史和计算机。现在因为学历史的时间长，又特别认真，班上所有的老师都觉得这个中国学生对美国历史着了迷。

虽然学业比国内轻松了很多，但武帅每天的时间表却依然排得满满的：早上去学校，放学之后下午3点赶到橡树谷球场，和学院的学生们一起练球，一直到6、7点钟再回家吃饭、写作业。除此之外，平均每周都有一场南加利福尼亚州的比赛要打。每周一、周三和周六教练汪志毅或者埃里克会辅导他的球技。3到5月中，武帅已经打了5场南加州青少年巡回赛的比赛，拿了两个冠军，在南加州14～15年龄组的积分排名里，他排在第五。"我已经拿到了6月打南加州的春季冠军赛的资格，不过我希望明年我能拿到足够的积分去打南加利福尼亚州青少年巡回赛里的Toyota系列赛，AJGA能有机会打到Open级别的比赛。"

在美国，武帅觉得自己没有什么需要适应的，"美国菜、墨西哥菜我都喜欢吃，比赛比国内多，但我把比赛当练习，也

与中国金泓青少年队在旧金山

没什么太大压力。"橡树谷高尔夫学院的**Kai**负责安排武帅的学球、比赛日程，在他看来，武帅性格开朗帮了他很大的忙，"他不像其他亚洲孩子那么内向害羞，很喜欢结交朋友，打球也不那么紧张，所以，他在这里适应得很快。"

陪着武帅一起适应美国生活的。还有武妈妈，"武帅年龄小，必须有监护人在身边，而且在美国没有车寸步难行。"原

本在北京极少开车的武妈妈到了美国，过上了完全不同的生活，"一切都要从头开始，从租房子、买车、银行开户，到买家具家电，所有琐事都要一个人去做。"

对武妈妈来说，在美国的生活，最困难的其实并不是这些琐事，而是徒然放慢的生活节奏和孤单。"以前在北京忙惯了，把武帅安顿好了之后忽然发现自己很闲，每天就是接送武帅上学、去球场、陪他练球、带他回家……"和儿子一样，武妈妈也在努力调整着自己的生活。"不过，我和他爸爸已经再三考虑过，为了武帅能够有更好的机会，现在的牺牲都是值得的。"武妈妈自信地说。

从3月到现在，武爸爸已经将近3个月没见过儿子。"我是军人，出国不方便。以前武帅比赛，我和他妈妈一直都有分工，国内的比赛我来陪，国外的他妈妈陪，现在武帅最多一年回来一次，其实我挺想他的。"每天北京的中午、加利福尼亚

在比赛前留影

州的夜晚，就成了武爸爸和妻儿在电话里、网络上团聚的时间，"虽然我知道这小子适应能力挺强的，他喜欢那里的学习环境，也喜欢吃西餐，但每天我还是会问他'生活习惯么？一切顺利么？'"

　　隔着一个地球，武爸爸对儿子表达关心的方式就成了写信："他去美国的前3周，我给他写了3封信，第一封教他怎么去面对社会、塑造自己、锻炼自己；第二封教他怎么面对困难；第三封，教他培养自己独立的人格，做个成熟的孩子。现在我看不到他，也帮不了他，所以我只能给他写信，告诉他看什么书。"

"武帅这孩子我接触不多，但总觉得他言行举止，一看就是军人家庭出身，很有规矩。"在橡树谷高尔夫球场老板于惠民眼里，武帅是他"借美国大学体制培养中国青少年"理论的第一个实践者，"他们一家的生活，能够因为孩子的梦想而改变。尤其是母亲，能够放弃自己的工作，在美国过很单调的球手妈妈生活，我们很钦佩。"

国内赴美的高尔夫少年们，胡牧和冯珊珊去了冠军门，武家不是没有考虑过。IMG、国际青少年高尔夫学校，妈妈带着武帅都去过两三次，但最终还是选了一条和别人不同的路。

武帅第一次遇到橡树谷高尔夫学院主教练汪志毅是在北辰高尔夫球场，后来在广东五邑的"梁安琪杯"上，一家人和汪志毅、于惠民的接触开始多了起来。对武帅一家来说，来南加利福尼亚州并不是一个匆忙的决定。去年中高协率国家队赴橡树谷高尔夫学院集训之前一周，武帅就已经赶到了这里，参加了华美基金会的青少年比赛，也在这里小住了20天。"虽然当时就已经在考虑让他到这里读书学球了，但还是希望他能够短期体验一下。"武妈妈说，"回去之后，我们也商量了很久，决定要来到真正成行，已经是今年3月了。我们都比较喜欢南加州的环境，一年四季都可以练球，比赛也多。武帅喜欢南加州，也喜欢汪教练，我们投奔的就是这些。"

其实，让武家三口选择这里的还有最大的一个理由——高尔夫、学业两手都要抓。"武帅在国内读北京市重点中学，功课压力很大，每天写作业就要写到11点，如果留在国内，他只能在读书和高尔夫二者里选择一个。"自己也打球的武爸爸说："武帅很喜欢打球，但我觉得高尔夫太难了，它可能是世界上最难的体育运动。想走这条路，除了兴趣之外，还要有很好的天分和强大的经济实力支持。武帅还小，性格和思维方式都还没定性，我们不知道他以后对高尔夫还会不会像现在这么喜欢。所以我们商量了很久，还是决定让他把学习放在第一位，然后才是高尔夫。在美国，他如果球打得好，能够帮他拿到大学的奖学金，进了大学校队之后，他就可以自由地选择未来的路了。"

　　"简单地说，我想给武帅上个'双保险'。"武爸爸坦率地说，"从决定的那一天起，我们就做好了心理准备。如果有一天武帅不想打球或者打不了球，他还有做其他选择的机会和能力。"

　　武帅现在读九年级，相当于国内的初三。能不能拿到大学的奖学金，关键就要看他接下来两年在学习和球场上的表现。"照现在的情况来看，以他的球技和学业，进一个好的大学校队应该没问题。"于惠民充满乐观。

　　武帅决定离开北京到美国之前，武爸爸和自己的父亲商量过："武帅是家里的长孙，爷爷一直都很疼他。他的名字也是我父亲起的，帅就是'帅才、头领'，我父亲希望他能带好这

在美国东部纽约

一辈人的头。武帅要走，说实话我父亲不太愿意，老人总希望儿孙都留在身边。但他对我说，只要是为了孩子们好，他都舍得。"

"我的目标是去加利福尼亚读大学，去亚利桑那大学或者斯坦福大学。"亚利桑那大学出了世界第一的女子球员索伦斯坦，斯坦福大学出了老虎·伍兹，如果武帅顺利实现了自己的目标，为他离开而留恋着的武爷爷和因此改变了生活步调的父亲母亲，一定会非常开心。

（《高尔夫大师》报道）

武帅赴美国深造，南加利福尼亚州
青少年赛夺冠摘银

今年三月份，又一个青少年选手踏上了去美国的高尔夫之路。那就是在国内赫赫有名的14岁青少年小将武帅。与冯珊珊不同，武帅选择的是美国橡树谷高尔夫学院，同时他会

比赛获奖

在当地上高中、升大学继续学业。

美国橡树谷高尔夫学院，地处南加利福尼亚州。这是美国比赛环境最成熟的一个州，它也是全美青少年选手最多的州，实力相当雄厚。

武帅来到美国以后，已参加了两场南加利福尼亚州青少年巡回赛比赛，拿下一个冠军一个亚军，成绩斐然。其中，在3月25日举行

在美国比赛中

的Seven Hill春季精英赛(Seven Hills Spring Classic)中，他打出低于标准杆3杆69杆，以2杆的优势打败加利福尼亚州当地球手Paul Lim，拿到14~15岁男生组冠军。而接下来4月7日的Menifee Lakes春季精英赛(Menifee Lakes Spring Classic)打出71杆，以3杆之差获得亚军。

另外，在3月底举行的2007年洛杉矶城市青少年高尔夫锦标赛上，武帅三天打出71-70-71杆，仅差2杆没能与领先的两位选手进入延长赛，获得并列第三。

"能有这个成绩，我们很开心。也要感谢橡树谷高尔夫学院，是他们的帮助，让武帅迅速融入了美国的比赛和生活。"武

与队友在比赛现场

妈妈介绍说，她在国内是名医生，现在则在美国先陪孩子适应新生活，"武帅很开朗，在学校与同学相处得也不错。"

1992年8月出生的武帅，9岁开始学球，成绩一直不错：2002年第一次参加北京市青少年高尔夫"迎春杯"比赛，就获得他所在年龄组的第一名；2003年还代表中国赴美参加Callaway世界青少年高尔夫锦标赛；他还是中国青少年高尔夫国家队的队员。但随着年龄的增长，武帅的练球和学习压力也越来越大，如何保证学习与练球平衡发展这个问题就摆了在这家人的面前。

经过认真考虑后，家人有了让武帅去美国念书学球的想法。2006年暑假，武帅和妈妈到过橡树谷高尔夫学院"考察"了一个月，然后对美国的高尔夫学习环境进行了详细了解，经过比较，他们觉得"橡树谷高尔夫学院有自己的球队，除了有专门的教练指导技术，而且还会创造很多比赛条件"，于是，便做出了2007年让武帅赴美的决定。

"孩子在国内的高中是不可能打球和学习共同兼顾的。而美国的教育相对强调个性，给孩子的个人空间会更大，业余时间也会更多，所以我们考虑让武帅去美国。"武帅爸爸欣慰地说。

（新浪网报道）

武帅为申请美国大学添筹码，培养模式可成国内模板

北京时间8月20日消息：近几年一直在美国"深造"的北京小伙武帅，在他高中生涯的最后一个暑假捷报频传。近日，他在南加州青少年高尔夫协会主办的"丰田杯"系列赛上获得冠军，为明年进入大学增添了重要的一个筹码。

参加AJGA比赛

武帅曾是中国青少年国家队的一员，到美国橡树谷高尔夫学院培训后，多次参加AJGA(美国青少年高尔夫协会)及SCPGA(南加州青少年高尔夫协会)所举办的赛事，并多次获得佳绩，加上他

在圆石滩高尔夫球场

的文化课成绩为甲等，受到了加利福尼亚大学伯克利分校(UC Berkeley)、洛杉矶分校、欧文分校及密歇根大学(University of Michigan)等名校的高尔夫校队注意。这些知名的学校，在美国大学排名中，学术及运动各方面皆享有盛名。

　　暑假开始后，武帅参加的第一场比赛是7月5日～7日的橡树谷杯(Oak Valley Cup)。已连续在橡树谷高尔夫球场举办三届的橡树谷杯，是中美青少年球员间的一场"莱德杯"式的对抗赛。经过3天的激烈争夺，武帅所在的大中华联队赢得最后胜利，为橡树谷高尔夫学院取回今年的冠军杯。

7月27日～29日，AJGA"Tee Up"青少年挑战赛在橡树谷球场举行，这场公开赛级别的赛事，是较高层级的赛事，武帅在男子青年组中以三轮-4杆的总成绩取得第四名。

　　8月2日～5日，AJGA另一场公开赛级别的比赛——"Stockton Sports Commission"青少年公开赛在美国南加利福尼亚州的Stockton市举行，武帅在三轮比赛中一共拿下12个"小鸟"，以-6杆的总成绩，在男子青年组中排名第三。

　　8月12日～13日，SCPGA丰田杯系列赛在橡树谷球场举行，这场比赛是SCPGA最高水平的赛事，参赛球员的年龄在12～18岁之间，只有收到邀请的选手才能参赛。武帅在男子青年组中通过延长赛获得冠军。两轮过后，武帅与另外一位球员以-1杆并列第一，在延长赛的第二洞，武帅击败对手夺冠。8月13日恰好是武帅18岁的生日，这个冠军正是他送给自己最好的生日礼物。

　　橡树谷高尔夫学院院长于惠民表示，武帅这几场赛事的优异表现，对有意愿到美国学习的国内的青少年选手们有很大的影响。一直以来，武帅的文化课成绩都非常不错，最近这几场顶尖青少年赛事中取得优异的成绩，更加受到美国知名高校高尔夫校队教练的关注，这对武帅明年申请大学有极大的帮助，也有机会拿到大学高尔夫校队的奖学金，在美国上大学继续打高尔夫，是可以达成的目标。"我们始终相信这个学习模式，所以武帅的成长经历可以成为国内青少年球手的榜样。"于惠民说。

与世界女子高尔夫球手曾雅妮练球

　　在美国的这几年，武帅每个星期一至星期五早上在附近的高中上学，上课前要早起做体能锻炼，下午下课后直接到橡树谷球场练球或下场，晚上回家后准备第二天的课业，周末则参加当地的青少年赛事，增加实战经验。随着水平的提高，再到各地接受挑战，参加全美青少年赛事，进而渐渐朝更高的目标前进，现在他正在努力进入知名的大学，拿高尔夫奖学金，完成学业后还可能成为一个成功的职业球手。

（新浪网报道）

活跃在洛杉矶的果岭少年

放寒假了，16岁的武帅从美国回到了沧州。放假前夕，他刚刚参加了美国青少年高尔夫比赛，获得了个人第三名，不久，武帅还参加了金泓国际少年英豪高尔夫球赛美国站的比赛，获得第一名。

武帅是沧州人，出生在北京，现在是美国洛杉矶Mesa Grand中学高中二年级的学生。

武帅迷上了高尔夫，
并为之放弃了其他的爱好

1992年8月出生的武帅遇上高尔夫，完全是一种巧合。9岁那年，因为爸爸他才拿起球杆。

一次偶然机会，改变了武帅的爱好。武帅一下子就爱上了高尔夫，进而因为高尔夫放弃了书法、电子琴。

为了锻炼球技，武帅每周从不间断去球场练习，即使在最

比赛中

2005年参加英国国际青少年高尔夫公开赛

冷的严冬也始终坚持。

人们常说，兴趣是最好的老师，用在武帅身上很是恰当。因为对高尔夫的爱好，他开始在京城高尔夫界小有名气。

武帅第一个高尔夫冠军是在10岁时拿到的。2002年第一次参加北京市青少年高尔夫"迎春杯"比赛，他就获得所在年龄组的第一名。普通的工薪家庭支持孩子学习高尔夫不是件易事，刚刚学了一年就取得了如此的成绩，武帅一下子引起了高尔夫球界的注意。武帅优异的表现、憨厚的性格也让他在圈内赢得了一个好人缘。一个只有一面之缘的朋友苏东波先生就把会员卡的副卡送给他，教练宋庆礼也愿意每周两次为他

2005在英国参加比赛

免费授课。

武帅是一个懂得感恩的人，受惠于人，只有通过优异的成绩作为回报。

2003年，经过中国高尔夫球协会推荐，武帅赴美参加Callaway世界青少年高尔夫锦标赛，获得选拔赛区所在年龄组的冠军。

2004年3月，和中国青少年高尔夫球队的运动员一起到加拿大参加比赛。同年10月，在日本参加中国、加拿大、日本、韩国等国家的高尔夫对抗赛。

2005年7月，武帅等人代表国家队参加英国举办的英国青少年高尔夫公开赛，当时英国邀请了包括中国在内的30多个国家的青少年高尔夫球运动员。武帅在比赛中表现优秀，获得所在年龄组的第三名。

2005年，武帅获得了"TRAX杯"中国青少年公开赛11～12岁年龄组冠军。

看着武帅取得的成绩，武帅的父母开始考虑重新规划他的未来了。就在这个时候，一个重要的比赛来到了。

2007年，全美青少年高尔夫球邀请赛在美国南加利福尼亚州的橡树谷球场开赛，来自美国、中国、中国台北及新加坡等地的近50位17岁以下的青少年选手参加了赛事。经过两天36洞的较量，武帅及其他4名选手获得了由主办方颁发的2007年高尔夫基金会青少年高尔夫奖学金。

有了这个奖学金之后，一般人很难拿到的高中阶段在美国留学的签证，武帅拿到了。

南加利福尼亚州来了一位中国的"黑小子"高尔夫运动员

美国橡树谷高尔夫学院，地处南加利福尼亚州。这是美国高尔夫比赛环境最成熟的一个州，也是全美青少年选手最多的州。南加利福尼亚州有自己的青少年巡回赛（Southern California PGA Junior Golf，简称SCPJG），全年约有100场比赛。一周里大约有2～3场比赛可以参加。这些比赛的成绩，都可以列入全美青少年积分排名系统（Junior Golf Scoreboard）。著名的高尔

参加SCPJA年度颁奖，左为于惠民院长、右为汪志毅教练

夫球运动员老虎伍兹就是从打加利福尼亚州青少年巡回赛成长起来的，他总共赢得了32场冠军。

在去橡树谷高尔夫学院之前，武帅第一次遇到橡树谷高尔夫学院主教练汪志毅是在北京北辰高尔夫球会，后来在广东五邑的"梁安琪杯"青少年高尔夫球比赛上，一家人和汪志毅、于惠民的接触开始多了起来。对武帅一家来说，来南加利福尼亚州并不是一个匆忙的决定。

武帅的妈妈告诉记者，最终下决心让武帅到南加利福尼亚州来的原因，是南加利福尼亚州的环境不错，一年四季都可以练球，比赛也多。此外，橡树谷高尔夫学院这个学校很为家长和孩子考虑，是真心地教孩子们学高尔夫。

父母最终决定让武帅选择南加利福尼亚州还有一个最大的理由——高尔夫、学业两手都要抓。"武帅在国内读北京市重点中学，功课压力很大，每天写作业就要到11点，如果留在国内，他只能在读书和高尔夫二者中选择一个。武帅很喜欢打球，但我觉得要打好高尔夫不是件容易的事，它可能是世界上最难的体育运动。武帅还小，性格和思维方式都还没定性，我们不知道他以后对高尔夫还会不会像现在这么喜欢。所以我们商量了很久，还是决定让他把学习放在第一位，然后才是高尔夫。在美国，他如果球打得好，能够帮他拿到大学的奖学金，进了大学校队之后，他就可以自由地选择未来的路了。"武爸爸这样告诉记者。

　　虽然学业比国内轻松了很多，但武帅每天的时间表却依

在北京颐和园

然排得满满的：早上去学校，放学之后下午3点赶到橡树谷球场，和学院的学生们一起练球，一直到六七点钟再回家吃饭、写作业。除此之外，平均每周都有一场南加州的比赛要打。每周一、周三和周六教练汪志毅或者埃里克会辅导他的球技。刚到美国的前两个多月，武帅已经打了五场南加利福尼亚州青少年巡回赛的比赛，拿了两个冠军，在南加州14～15年龄组的积分排名里，他排在第五位。这一下轰动了南加利福尼亚州，大家都知道有一个中国来的"黑小子"高尔夫球运动员。

武帅告诉记者，在青少年阶段，打高尔夫是没有球童的，因为练习高尔夫，经常背着球袋在烈日下奔走，人被晒得黑黑的。

开朗和坚毅的性格让武帅
很快适应了加利福尼亚州的生活

Mesa Grand 中学看到武帅高尔夫成绩这么优秀，学校很快就成立了高尔夫球球队。

武帅觉得，美国的学校跟国内的不一样。国内上课时，同学都坐在一个教室里，看着老师换，美国则是学生们不停地换教室。美国同学也比较热情，老师也很照顾他。武帅是班上唯一的中国孩子，又是唯一一个打高尔夫的，同学对他都特别友好，总让他带着去球场看看。武帅去参加比赛，有三四个要好的同学跟着他走了18洞，看着武帅夺冠，同学们也很开心。

在美国中学

　　武帅在国内时读的是数学试验班，到了美国，理科依然是他的强项，英语阅读也还好，就是英语听力难度大。开始时听课似听天书一般，也不知道老师留的什么作业。因为听力的原因，刚开始的半年时间里，他的成绩都是Ｃ。等过了听力关后，武帅的成绩已经全部达到了Ａ。那段时间最让他费心的是历史和计算机。因为学历史的时间长，又特别认真，老师都认为这个中国学生对美国历史着了迷。

　　在美国，武帅觉得自己没有什么需要适应的。"美国菜、

在美国圆石滩高尔夫球场

墨西哥菜我都喜欢吃，比赛比国内多，但我把比赛当练习，也没太大的压力。"而武帅开朗的性格帮了他的忙，他很喜欢结交朋友，打球也不那么紧张，所以他在加利福尼亚州适应得很快。

更多的时候，武帅就是一个人背着球袋，从一洞走向下一洞。虽然只有16岁，但是武帅显得比同龄人要成熟许多。武帅告诉记者，高尔夫不仅是一项运动，更像一门艺术。高尔夫是个易学难精的运动，打球时，高尔夫球的运行轨迹，与球场的位置、果岭的方位、赛场的风向、选手的心理因素等有关，同时还考验着选手的体力。因为在打到职业比赛前，都是选手自己背球袋，从一个果岭走向另一个果岭，这对体力是一个考验。

一个人站在果岭之上，一杆杆地把高尔夫球打出去，刚开始可能觉得新鲜，但是当你一天天、一次次地重复着同一个挥杆动作，显得很是枯燥，没有毅力和恒心是不行的。武帅就是凭着对高尔夫的痴迷，在加利福尼亚州坚持了下来。

武帅给自己定了一个目标：
去加利福尼亚、亚利桑那或者斯坦福读大学

在加利福尼亚州的生活，被武帅安排得满满的，除了学习，除了到橡树谷高尔夫学院学习高尔夫，剩下的就是打高尔夫比赛。

高尔夫比赛在美国是一个经常性赛事，并且美国的所有运动员，都需要拿积分，只有拿到足够多的积分，才能参加更高级别的比赛。

武帅在加利福尼亚州取得的成绩让加利福尼亚州人感到很意外，他们没有想到一个中国人对高尔夫运动如此精通，尤其这个中国人还是一个10多岁的少年。但是没有人知道这些成绩背后武帅所付出的艰

与美国朋友看球赛

辛。摊开武帅的双手，这个10多岁的青少年双手长满了厚厚的老茧，数数竟然有10多个。武帅笑着说："开始很疼，都是大血泡，现在已经磨出来了，不感觉疼了。"

高尔夫（Glof）的英语单词，是由绿（Green）、氧气（Oxygen）、阳光（Light）和友谊（Friendship）4个单词的第一个字母组成的，从武帅的身上，正好能够看到这些单词所蕴含的意味。

两年之后，武帅将在美国读大学。他给自己定了一个目标："我的目标是去加利福尼亚读大学，去亚利桑那或者斯坦福读大学。"亚利桑那大学是高尔夫大姐大索伦斯坦的母校，斯坦福大学则是老虎伍兹曾经的选择，由此可见武帅的

伯克利大学教练西蒙颁奖

志向不小。

　　武帅到美国后，参加了两场南加利福尼亚州青少年巡回赛比赛，拿下一个冠军一个亚军。其中，在2008年3月25日举行的Seven Hill春季精英赛和Seven Hills Spring Classic比赛中，他打出低于标准杆3杆69杆，以2杆优势打败加利福尼亚州当地球手Paul Lim拿到14～15岁男生组冠军。而接下来4月7日的Menifee Lakes春季精英赛，Menifee Lakes Spring Classic比赛最后一天打出71杆后，以3杆之差获得亚军。6月初，武帅又在亚利桑那州哈瓦苏湖全明星比赛中拿到并列第三，并且取得了参加更高级别比赛的资格。

　　在回国前的2008年10月，武帅还参加了金泓国际少年英豪

与美国加利福尼亚大学欧文分校教练合影

高尔夫球赛美国站的比赛。这场比赛就在加利福尼亚州旧金山市米拉维斯塔球场举行的首场比赛，包括武帅在内的10名中国选手和来自美国加利福尼亚伯克利大学的Stephen Hale、John Murphy、Michael Jensen等10名选手展开争夺。首轮比赛以个人比杆赛形式进行，经过近5个小时的对决，美国选手埃里克米（Eric Mina）以69杆的成绩领先。第二天的比赛转站奥瑞达（Orinda）乡村俱乐部举行，比赛以团体赛形式进行，最终武帅个人总成绩取得赛事冠军。

　　更让武帅高兴的是，比赛结束后，武帅被评为"最有价值的新秀"，同时伯克利大学向他发出了邀请，斯坦福大学也开始和武帅接触。

　　武帅告诉记者，到最终选择的时间还有两年，现在还不考虑这么多，他现在就是打好球，同时好好学习。两年后会选择哪所学校，还需要看学校奖学金、是否对自己的事业发展有所帮助等。

（《沧州晚报》报道）

武帅的高尔夫"微观人生"

●和许多的孩子一样，他的童年被选择了画画、书法、弹琴，但当孩子的兴趣不是家长所选，父母把对他的爱建立在尊重的基础之上。

●曾是中国青少年国家高尔夫队的队员，高中生活尚未结束，就收到美国前50名的多所大学的邀请。

●18岁的他，已在国内外获得33个冠军。

2010年8月20日，新浪体育刊发《武帅为申请美国大学添筹码，培养模式可成国内模板》，在老虎伍兹成长的南加州，武帅夺得青少年高尔夫"丰田杯"系列赛冠军，这已是他在国内外获得的第33个冠军。加上文化课成绩全A，引起了加利福尼亚大学伯克利分校、欧文分校和圣地亚哥分校以及密歇根大学、莱斯大学等多所名校的关注，他们纷纷向武帅送来橄榄枝。

18岁的武帅虽然生在北京，却是地地道道的沧州人。爷爷

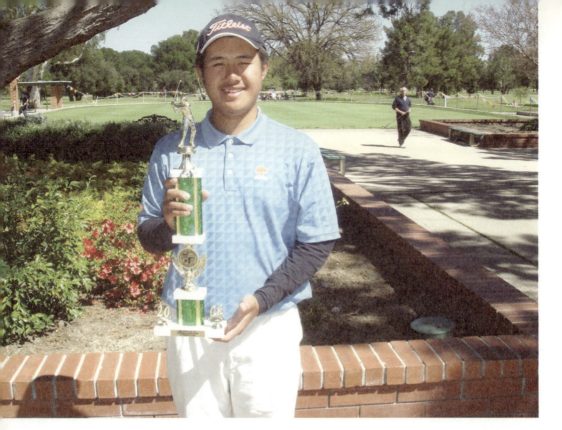

参加全美AJGA比赛获奖

　　虽已离开领导岗位，政德在沧州有口皆碑，父亲是部队干部，母亲是一名医务工作者，这样优越的家庭背景，他没有养尊处优，而是选择了一条靠自己力量去打拼的成长之路。

　　2010年12月25日，圣诞节放假回国的武帅在沧州的爷爷家，接受了记者采访。这个帅气的小伙子说："不要把我写得多么成功，我只是刚刚开始我的人生旅途。"

迷上高尔夫

用兴趣启动兴趣，在玩中体悟成长

　　童年的小武帅和许多孩子一样，上着各种各样的兴趣班。

当时他的爸爸妈妈并不知道孩子的兴趣点在哪里，就帮孩子选择了书法、画画和电子琴。小武帅很用心，学什么像什么，他设计的明信片曾获全国小学生明信片设计比赛二等奖；他的硬笔书法多次获得北京市中学生硬笔书法比赛一等奖；练习电子琴演奏，3年就考到了9级。

2001年冬天，爸爸的一位朋友从日本回来，他们常到高尔夫球场聚会。在北辰高尔夫球场，9岁的武帅第一次看到这种用杆子打的小白球就着了迷。朋友看着小武帅的挥杆、击球有模有样，认为孩子很有天赋。当时武帅身体弱，常常感冒，学医的妈妈也想让他锻炼一下身体。每周二、四放学后，妈妈就带他去练球。但妈妈有个条件：当天作业完成了才能去，没完成就回家写作业。武帅为了去打球，就利用课间和中午的时间，早早地完成作业，一改拖拉的毛病。

爸妈没空的时候，那位叔叔就带着武帅去打球。一次去练球时，武帅因身体不舒服，在路上就开始呕吐，叔叔劝他别去了，可武帅吐完坚持

9岁时的我

高尔夫会刊上的我

去打。那位叔叔看到武帅对高尔夫如此执著，于是建议："武帅一定要学打高尔夫！高尔夫运动可以规范孩子的言行，增强自主能力，培养孩子全面发展。"

就在父母商量为儿子请教练时，一位老人看到了打高尔夫的武帅，主动凑上前问："这个孩子能不能和我学？"老人是北京体育大学的教授赵贻贤，他是国家第一批在国外培养的高尔夫教练，编写了中国的第一部高尔夫球教科书，堪称中国高尔夫鼻祖。爸爸妈妈一听赵贻贤的名字喜出望外。赵教授接着提出了第二个要求："我能不能到你们家里去看看？"经过对孩子与家庭的面试，赵教授说："很好。"自此，武帅开始学起了高尔夫，每周六、日各一小时，一个月300元，两个月后，赵教授主动提出免费教武帅。赵教授教学生有个条件：学习不好的，不教。他对武帅有三点要求：学好打球技术，好好读书学习，做一个好孩子。

练了半年之后，武帅参加北京市"迎春杯"高尔夫比赛，夺得年龄最小的C组第一名。武帅第二次比赛就打入全国青少年高尔夫球锦标赛。随着比赛的增多，父母认识了好多打高尔夫的孩子家长，向他们学习让孩子打球和报名比赛的方法。广东、海南高尔夫发展最快，他们就带武帅到广东、海南打比赛。一路走来，武帅的赛场又拓展到美国、加拿大、英国、日本。频繁参赛并没有影响武帅的文化课学习，不管比赛多累，他都坚持完成作业。他的作业大部分都是在飞机上、宾馆里做的，很多时候是从网上传给老师看。

2005年，因为父母工作忙，夺得全国青少年高尔夫球锦标

首次赴美比赛与美国球手合影

在橡树谷高尔夫学院

赛冠军的武帅，12岁就独自到处打比赛。在广州"梁安琪杯"赛上，幸运之门再次向他打开。标志着高尔夫最高水平的美国南加利福尼亚州也派队参赛。高尔夫球是美国的国球之一，当时，小武帅在赛场上的突出表现，引起了美国橡树谷球队华裔教练汪志毅的注意，汪教练评价："武帅不仅技术上是可塑之才，而且从他的做事、球品，看到了他的人品和良好家庭教育，他是一个很有希望的未来球手。"于是向武帅要了他父母的电话，直接发出邀请。2006年暑假，武帅和妈妈去了美国橡树谷高尔夫学院进行考察。在国内读书和打高尔夫，二者必舍其一；而美国的教育机制，非常适合孩子边学习边打球。爸爸说："武帅很有高尔夫天赋，这一点我对他充满信心，但打高尔夫是一个循序渐进的事情，小孩的发展要符合他的特点，要培养小孩的兴趣，让他在玩中成长，不但要学球，还要学会做人，培养他的综合素质。"爸爸对孩子要求很高，但他并不给孩子这些压力。他说："他必须是一个大学生，如果他将来打高尔夫，也必须是一个有文化的人。"

学习高尔夫

一路打出国门，33个冠军收入囊中

2007年3月，妈妈暂时放下蒸蒸日上的工作陪武帅到美国洛杉矶。在这里，武帅就读于南加利福尼亚州Mesa Grande中学。武帅出国前没像其他留学生一样经过语言强化培训，而是直接插班就读。武帅给自己定的任务是适应环境、学好英语。在国内武帅就读于北京师范大学第二附属中学的数学试验班，各科成绩呱呱叫。刚到美国，他对全英语教学不太适应，听不懂人家说什么。每天的作业，他看不懂要求，就抱着字典一个词一个词地查。别人20分钟就能完成的作业，他常常要花上近两个小时。

武帅找老师补课，老师根据他的情况，每天单独给他留不同的作业。半年后，武帅终于从打高尔夫球的坚持和磨练中得到了启示，找到了感觉，成绩突飞猛进。理科依然是他的强项，至今一直保持着全年级第一的位置。最让他花心思的是历

高中毕业时与同学们在学校

史，老师都觉得这个中国学生对美国历史着了迷，去年期末考试，他在全校考了唯一的满分。

他说："在异国他乡，留学生最缺乏的就是安全感，我们要站住脚，唯一能做的就是奋斗，比别人更努力。要让他们看得起我们，就要敢于付出。"从班上最优秀的学生到全校的名人，他体验着超越他人、超越自己、超越极限的"爽"。"美国人最羡慕有能力的人，同学们看到我夺得冠军，都为我高兴。学校因为我屡获大奖，还成立了高尔夫球队。"

虽然学业比国内轻松了很多，但武帅的时间表依然排得满满的：早上去学校，下午3点赶到高尔夫球场，和学院的学生们一起练球，一直到六七点钟再回家吃饭、写作业。每周他都

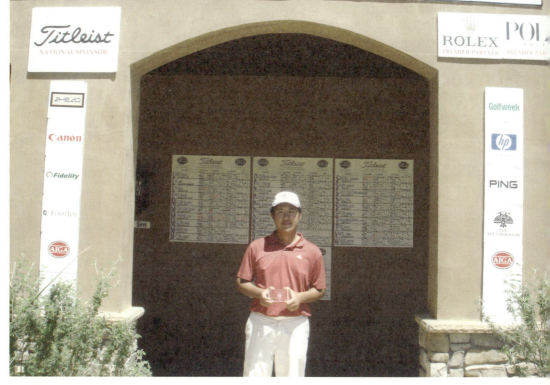

参加全美AJGA比赛获奖

有一场南加利福尼亚州的比赛要打，每周由专职教练为他辅导1～2次球技。到美国两个月中，武帅就打了5场南加州青少年巡回赛的比赛，拿了两个冠军，在南加利福尼亚州14～15年龄组，他的积分排名第五。4年来，武帅从南加利福尼亚州的春季冠军赛的资格，拿到足够的积分打进南加利福尼亚州青少年巡回赛里的Toyota系列赛，直到打到全美的AJGA Open级的比赛。从打球到现在，他在国内外已取得了33个冠军。

　　每天武帅练球，一般打18洞。行程大约10多公里，至少4个小时，还要自己背着10多斤重的球包，双肩常常勒出一道道血印。国外没有球童，打球全靠自己，还要完成草坪、铺沙等整理工作。有时冒着摄氏40多度的高温练球，衣服就像从水中涝出来的。站在一边的妈妈心疼儿子："今天别打了。"武帅说："不，打，我能坚持。" 他就是在挑战自己的极限中，学会了规范自己的言行。

武帅不但球打得好，同时也是一个好学生，他说："我现在最努力的还是学习。因为即使是打球，也是要用头脑去打的。" 他总结了一条理论——打高尔夫，从语言方面需要文科，从挥杆方面需要理科。

悟透高尔夫

极限挑战里的微观人生

在美国这几年，武帅上午上文化课前要早起做体能锻炼，下午下课后直接到球场练球或下场，周末则参加当地的青少年赛事，增加实战经验。随着水平的提高，他要到各地接受挑战，参加全美青少年赛事，朝更高的目标前进。现在他正在努力进入知名的大学，拿高尔夫奖学金，完成学业后还可能会成为职业球手。

武帅对高尔夫的认识也经历了三部曲：从开始的好玩、有兴趣，到提高技术、打比赛夺冠军，现在上升到一个新境界，全方位练习。体能是一个优秀运动员的重要条件，2010年4月，武帅就买了一套体能训练光盘自己练。练体能，对一个身体正在成长的18岁少年，最困难的就是控制饮食。谁不想生活的更舒服，那就要看在舒服和人生目标中，你选择什么。武帅上

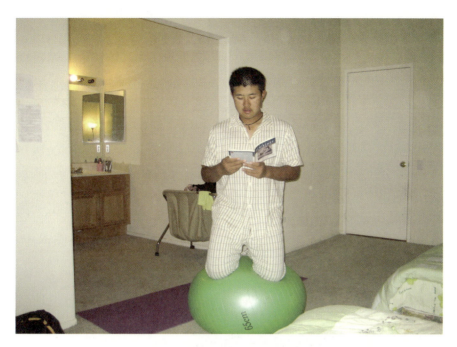
在家中边读书边进行平衡训练

网查出如何控制饮食，让自己减脂肪长肌肉，他给自己定的食谱：只吃火鸡肉、蛋清、喝脱脂酸奶，蔬菜在开水中焯一下就吃，最多就放点橄榄油。

他用英语说了一句李小龙的名言，又给记者翻译：人生的才华是从思想上起源的，思想控制好的人，是走得最远的。

摸着武帅满是茧子的大手，他说，打高尔夫，偶尔玩一下是优雅，长期训练却是枯燥的，而喜欢并坚持就能悟透枯燥背后的精髓。"桌子上放着一杯水，透过这杯水，我看到了湖，想到了大海，这就是我的高尔夫'微观人生'。"练球就像喝茶，入口苦回味甜。

与世界级健美冠军合影

刚练体能时，他最多做20个俯卧撑。他咬着牙坚持多做5个、10个……潜能真是很微妙，撑过去后，他发现自己一口气竟能做五六十个了。现在练胸背部，一下子竟能做300多个。

过去引体向上他一个也做不了，现在单手都能做十多个了。更重要的是他的思维方式变得更积极，过去一提引体向上，他马上说："我不行。"现在再困难的事情，他会说："我试试。"

"超越极限的感觉，就是征服世界。那时，你不是在世界之中，是世界在你心中。"武帅如此告诉我。

妈妈眼中儿子最大的成长就是让她回国。和儿子一起在美国的日子里，武帅体会到了妈妈的孤独和奉献。两年后，他对妈妈说："您必须离开！我能管好自己，你对自己好一点，也是爱我。"妈妈有那么多的牵挂和不舍，但是儿子长大了，她得放手。虽然回到国内，妈妈的心却留在了美国，一天没有儿子的消息，她的心里就空空的，什么也干不下去，脑子里全是

与橡树谷高尔夫学院院长于惠民、教练汪志毅参加颁奖

武帅。儿子用成绩证明了自己，她的心放下了。

　　人生不会是一帆风顺的，武帅尝试让自己的生活多些碎片，他说这些碎片拼凑起来是紧张而有序的美丽。好生活不是一个结果，而是一个过程。

　　现在，武帅还学会了在脑子里练球。他还找出了训练的理论依据，脑子里想象动作时，肌肉会有同样的反应。在他心中，高尔夫已成为艺术，成为他的生活。

　　他的高尔夫球比赛最好成绩是66杆，SAT考试成绩2000分，他目前从向他招手的50多所大学中申请了10所大学，排名均在美国前50位，今年4月就有结果，关键看哪所学校给的政策更优

参加美国寄宿家庭大姐的大学毕业典礼

惠，更有利于他的成长。

说到成人、成才、成功，武帅认为应该是懂得爱与尊重、知道自己的目标、能坚持到最后的人。他说，我要学习爷爷的慈善和仁爱、妈妈的奉献和宽容、爸爸的刻苦与坚持。

（《沧州晚报》2011年1月11日）

职业挑战赛武帅首次参赛
获佳绩，现阶段以学业为主

北京时间7月22日，2011年中国职业高尔夫球男子挑战赛
"哈伦能源杯"在北京天安假日高尔夫球场结束。18岁的业余

中国高尔夫协会秘书长张小宁颁发优胜奖

首次参加中国职业赛

小将武帅第一次参加国内的男子职业赛即取得了并列18名的好成绩，与李昊桐、黄永乐一道获得"业余优胜奖"。9月份即将赴美留学的武帅表示自己很喜欢打高尔夫，但目前会以学业为主，未来是否走职业道路等毕业后看情况再考虑。

武帅在决赛的第一洞就抓到"小鸟"，随后稳扎稳打，在后9洞再收获两只"小鸟"，并且整轮无柏忌以69杆完成比赛，总成绩282杆(70、72、71、69)，低于标准杆6杆，获并列18名。1992年8月出生于北京的小伙武帅还未满19周岁，但球龄已近10年。武帅说："我爸爸会打球，受到他的影响，我从9岁开始练习高尔夫。我的第一个启蒙教练是赵贻贤。"14岁时武帅远赴美国读中学。"中学时我也加入了学校高尔夫球队，但我们的球队水平一般。"

从9岁开始练球至今，武帅并没有专门的教练也没有特定的练习场，曾先后师从赵贻贤、魏京生及宋庆礼等教练。"因为家在北京，北京的很多球场我都去练过。"在去美国读中学之前，在国内青少年赛现场时常能看到武帅的身影，但远赴美国后这个青少年冠军球手很少有机会参加国内的高尔夫比赛。"这站比赛之前我只参加了云南的业巡赛。在国内参加职业比赛是第一次。"第一次参赛就获得并列18名的好成绩，站在业余优胜奖领奖台上的武帅笑得很开心。

2010年8月，武帅在美国南加利福尼亚州青少年高尔夫协会主办的"丰田杯"系列赛上获得冠军，加上他的文化课成绩优异，他受到了加利福尼亚大学伯克利分校(UC Berkeley)、欧文分

参加中国职业比赛

校及密歇根大学(University of Michigan)等名校的高尔夫校队注意。最终武帅选择了加利福尼亚州大学欧文分校，并拿到高尔夫奖学金，今年9月将开始大学生涯。"这次参加比赛的段晨骁也是加利福尼亚州大学欧文分校的，我们即将进入一个球队。

当然，他已经读了一年，算是我的师兄。"趁着假期，回国参赛的段晨骁这次也顺利晋级，最终获得并列42名。

谈到未来的规划，学习向来优秀的武帅坦言目前还是会以学业为主。"现在就想着先把学业完成，打球的话看这几年的表现吧。等到毕业时，如果打得好，再考虑职业高尔夫道路。"

（新浪网报道）

武帅首次挑战希望赛，
游学海外球技与学业共精进

　　同大多数这个年龄段的孩子一样，武帅开始接触高尔夫也是深受家庭影响。算起来，即将年满19岁的武帅到如今已有将近10年的球龄。9岁时，爸爸领着武帅第一次踏上高尔夫球场。从开始的新鲜好玩，到后来将第一颗球击到高高的空中，9岁顽童很快爱上了这项运动，从那以后高尔夫就成了他生命中的一座灯塔，引领着翩翩少年快速划出成长的轨迹。

　　在高尔夫的道路上，武帅最早由爸爸领进门，然后遇到启蒙老师赵贻贤并得到悉心调教，再往后便是魏京生教练、宋庆礼教练等国内知名教练的指点……这一路走来，武帅收获的不仅仅是奖杯和荣耀，更让他明白了很多道理——"No pain, no gain!"便是其中之一。小小年纪，他就知道只有把吃苦和付出放在最前，方能获得荣耀和享受。

　　初出茅庐的几年，在国内的青少年赛场上有着不俗表现，也曾经入选过当时的中国青少年国家队，正如父亲武国胜对他

参加中国业余高尔夫球比赛

的评价："这孩子(打高尔夫)有天赋！"14岁那年，为了能够让孩子在学业和球艺两方面都有长足提升，父母二人狠下心来将爱子送往遥远的大洋彼岸——南加利福尼亚的洛杉矶念中学。因为他训练的橡树谷高尔夫学院有自己的球队，除了有专门的

在美国联合国大厦

教练指导，还会为学生创造很多比赛条件，正是这些打动了他和妈妈的心。2006年暑假和妈妈一道在橡树谷考察一番后，全家人便决定来年送武帅漂洋过海。

2010年夏天武帅在南加利福尼亚州青少年高尔夫协会主办的"丰田杯"系列赛上获得冠军。但回顾印象最深的一场比赛，武帅唯独对同年的美国青少年高尔夫球协会的一场比赛最为难忘：三轮比赛前两轮过后，武帅排名前十之外，到了决赛轮，他开始上演让人惊心动魄的疯狂追分表演，18洞下来68杆，总成绩直线上升，最终稳坐第三名。尽管没拿冠军，却着实让大家为他末轮的"得分能力强"而感到神奇。

四载海外游学眨眼已成过往云烟，如今即将步入大学的武帅面临着三选一：加利福尼亚州大学伯克利分校、加利福尼亚州大学欧文分校和密歇根大学。由于多次参加AJGA(美国青少年高尔夫协会)及SCPGA(南加州青少年高尔夫协会)举办的赛事，并且屡有斩获，加上甲等的文化课成绩，武帅同时受到了以上3所美国知名大学高尔夫球校队的关注。

面临人生路上的又一个十字路口，武帅心中已经有了答案。暑假过后，他就要成为加利福尼亚大学欧文分校的一名大学生，同时也是一名高尔夫业余球员。这所学校有着小班上课的优良传统，在这里他可以得到老师更多更有针对性的授课；这所学校跟橡树谷高尔夫学院同样地处南加利福尼亚州，气候好，球场多，环境熟悉，这些都便于武帅在高尔夫球技艺上的

与同学静则山川在大学校园

精进。正是这些原因，让他最终选择了欧文分校。

　　希望赛青岛站比赛结束后，紧接着就是武帅的19岁生日，他希望自己能在本站比赛中有不错的战绩，作为一份礼物献给一直深爱自己的爸爸妈妈。

（新浪网报道）

打球越简单越完美

2011年8月11日，希望赛青岛站次轮比赛继续在天泰温泉高尔夫球场举行，首次参加希望赛的武帅完成18洞后交出70杆，以两轮145杆(75～70)的成绩荣膺希望赛山东青岛站男子次轮榜首，武帅分享领先经验时表示："打球好比球手与目标之间的关系，越简单越完美。"

今天，武帅与沃研、范诗宇一道，8点20分在10号洞开球出发。前半程，武帅开球即擒获难得的2只"小鸟"，其余7洞保Par，呈现出极为稳定的状态。转场后，武帅依旧势不可挡，除却8号洞吞下一个柏忌外，他在4号洞擒获1只"小鸟"，其余均保Par成功。

回顾整轮表现，武帅表示："今天状态很好，场地熟悉了，方向也把握得不错。"这要得益于球童的帮忙，早上球场遭遇大雾以至于比赛推迟一个半小时举行，开赛后仍然大雾弥漫，这对于开球较早的武帅等球员而言，多少会有些"心里没

在青岛首次参加
国内业余比赛

在美国

谱"。在4杆洞10号洞和11号洞，武帅都朝着球童指示的方向开球，球稳稳落在球道上，再一杆上果岭后，一推进球，武帅自己都觉得这样的天气拿下2只"鸟"很幸运。

武帅开球距离并不是很远，只能打出260～270码，因此每次参赛均会采用"先上球道再攻果岭"的保守策略，"能抓"鸟"就更好。"10年的高球历程，这个19岁的翩翩少年早已有了自己独特的打球思路，"打球不是看球打多远，而是看怎么打进洞。"这也难怪，初出茅庐没几年的他能在2011年中国职业高尔夫球男子挑战赛中取得T18的成绩，并荣获"业余优胜奖"。

首次参加希望赛，武帅期望能有一个好的发挥，作为自己即将19岁的生日礼物。两轮战罢，武帅对天泰越发熟悉，"球场球道较窄，尤其有风的话要求球的落点精准才能取得好成绩。"当然，球场果岭暗道也不得不提防，在8号洞，武帅就因推杆没处理好，眼看就要到手的保Par，却不慎遭遇了自己今日唯一的柏忌。

决赛在即，武帅认为发挥好的话，也就是今天的水平，会在70～72杆之间，至于具体如何，他没有多想，因为"打球是我和目标之间的关系，越简单会越完美"。

（新浪网报道）

第四篇

爸妈嘱托

展望未来，你们这一代是多么的幸福啊！中国已经逐渐崛起于世界经济强国之林，国泰民安，社会繁荣昌盛，以信息化为核心的当代科学技术正推动着我们这个社会快速向前。到你们这一代大学毕业的时候，还有八九年的时间。到那时，中国将令世人注目，也是你们大有作为的时候，中国属于你们，未来永远属于你们。

我们是这样培养孩子的

按：这篇文章是我上小学二年级时，爸爸妈妈写给我所在小学——北京师范大学实验小学老师的，信中体现了爸爸妈妈对我的培养教育的良苦用心，我的成长注入了爸爸妈妈无限的爱。

父母都希望自己的孩子成为德、智、体全面发展的好学生，成为一名对社会有贡献的人才。尤其是随着时代的发展，对于现代独生子女家庭的父母，这一愿望更为突出、更加迫切。

中国是社会主义国家，社会和学校为孩子的成长创造了优越的社会环境和学习条件，为孩子的健康成长奠定了良好基础。然而，要使孩子成为一名全面发展的学生，家庭的教育是不可缺少的，对孩子的影响是极为重要的。因为孩子除了在学校学习和参加少量的社会活动之外，大概有一半时间与父母在一起。父母从小给他有意无意的影响，起着潜移默化的作用，是孩子成长的起点。这个起点好不好、方向对不对、根子正不正，对他漫长的一生影响很大。我们认为，把孩子教育好是父母的一种天职，也是一种责任。这就必须从孩子的幼年时期就开始培养，从小做起，施以科学的严格教育，并与社会、学校紧密配合，使之循序渐进、健康成长。

一、培养孩子良好习惯，使之终生受益

俗话讲："习惯成自然。"从小养成良好的生活习惯和学习习惯，对孩子学习和将来工作、生活都会产生积极而深远的影响，使孩子受益终生。

从孩子刚刚懂事起，我们就重视培养孩子良好的生活习惯，对孩子的言谈举止、行动坐卧加以规范。尽可能培养孩子的自理能力，让孩子自己的事情自己做。我们从不嫌孩子干事憋气麻烦，一般不包办代替，而是耐心帮助、热心指点。对孩子的点滴进步及时给予肯定和表扬。我们认为做事的本身就是动手动脑的锻炼、对孩子的发展和成长是非常有利的。

我们的孩子武帅于1998年9月开始上学，对于刚刚步入小学一年级的他来说，上学是一件有趣的事情。想要让他脱离自由无虑的幼儿习惯，自然地过渡到小学生的生活，使他喜欢上学、乐意上学，让他感觉学习起来既轻松又愉快，养成一个良好的生活学习习惯，最主要的是家长要配合好老师工作。于是，我们注意观察孩子每天的学习动态、情绪表现，给孩子作出合理的安排。由于我们两人上班都很忙，放学后就孩子自己一人在家里，没有大人陪伴，很容易使他养成贪玩的毛病。从上学开始，我们就给他作出每天放学后和节假日的计划安排。比如：放学回家后，第一件事情就是完成老师留下的作业，温习明天要学的内容。做完作业后，就让他练习弹电子琴或玩些有意义的玩具，然后就是看一会儿动画片。晚饭后，我们检查作业，发现错误的地方及时纠正。再就是给他讲一些历史知识或故事，启发一下思维。接着就是洗漱，8点30分准时休息。久而久之，就使他自然养成了良好的学习习惯、卫生习惯和生活习惯。随着年龄的增长，尤其是他当上班长，被选为少先队中队长，我们对他的要求也越来越高。只要是学校安排的活动都积极参加，我们家长都积极支持。每天除完成老师留的作业外，还要读课外书籍，写一篇日记。后来为了让他练字，就让他抄一篇作文，既练了字，又提高了他的写作水平。实践证明，这些习惯的养成，对孩子的学习、生活非常有益，也取得了较好的效果。孩子的良好习惯养成了，我们做家长的不论在学习还是在生活方面也就省去了好大的心思。平时对孩子只是稍加诱导就可以了。

二、培养孩子辨别是非能力，使之学会做人

孩子明辨是非能力的高低，标志着孩子的思想认识水平，而孩子的思想认识水平直接影响着孩子的行为。因此，只有不断提高孩子明辨是非的能力，才能使孩子学会做事、学会做人。

孩子难免犯错误，关键是孩子做错事后你如何对待。武帅做错事后，我们从来没有责打过他，总是耐心地指点他错在何处，让他知道自己怎样做才对、才更好。我认为孩子犯错误是一次教育的良机，也是一次提高认识、明辨是非的机会，要相信孩子一定能改正错误。这也是当今教育孩子最关键的一点。

孩子上学后懂事多了，初步具备了辨别是非的能力。这期间，孩子还需要交流，我们就通过闲余时间与他聊天，了解学校的事、社会上的事，听他的看法和观点，我们耐心听着，从中体察孩子的思想。我也经常有意地引导孩子的思维方向，规范他的行为，提倡自主，勤奋好学。记得有一次，孩子的校服裤子破了，姥姥给他补了个大补丁，有的同学笑话他，回家后给我们谈起此事，妈妈对他说："儿子，我给你买一件新的吧！"他说："我觉得穿衣是次要的，学生主要是学习好。"儿子的回答，是我们当时没有想到的。通过这事我感到孩子懂事了。日积月累，我们的孩子明辨是非的能力日渐提高，逐步学会了做事，学会了做人。

三、培养孩子自信心理，使之立志成才

自信，是良好心理素质的基础，是通向成功的起点，是孩子走向社会的坚实阶梯。孩子拥有了自信，才能经受住挫折，战胜困难，取得成功。

培养孩子的自信，一要相信孩子能够做好，多给孩子以鼓励。"你能行，你是最好的。""你会干好，一定能够干得更好。"这既是对孩子的鼓励，又是培养孩子自信的良方。二是承认差异，孩子的长处与短处共在，优点与缺点并存。家长都希望自己的孩子处处强过别人，每当发现自己的孩子某一方面不如别人时，就对孩子埋怨，这不但不能激励孩子的积极性，

反而使孩子产生自卑感。武帅从3岁半开始就学习弹电子琴，开始还喜欢，但随着学习难度的深入，兴趣减弱。于是，我们就从多方面鼓励他、引导他，进行兴趣练习，从被动变为自愿和自觉，经过长期的磨炼，终于结出了果实，现在已达到了业余弹奏9级水平，在几次较大范围的比赛中取得了较好的成绩。我们感到，只要孩子在原有的基础上有所提高，就应肯定，就应鼓励。帮助孩子逐步改正缺点，稳步发展优点，孩子才能不断进步，才能有成功的心理体验，才能充分自信。为了培养他自信的心理，从2001年5月开始，抽出业余时间，进行高尔夫训练，这项运动给他带来了较好的感受，增强了体质，开动了脑筋，提高了自身素质，在今年全国青少年高尔夫球比赛中，取得了较好的成绩。武帅有一种争强好胜的精神，这与我们平时的培养是分不开的。

　　总之，培养教育孩子，是一个复杂的工程，不是三言两语能够说清楚的，我认为"习惯、健康、做人、自信"这四点最为重要，应重点地培养孩子。作为家长，不仅仅是父母，更应是良师，是益友，是孩子人生的榜样。

武帅家长

2002年10月

步入青春期爸爸写给我的信

儿子：

你好！

当你打开这封信的时候，你一定感到很惊喜吧！这是爸爸第一次写信给你啊！

斗转星移，时光如梭。时间过得好快啊！你自1992年降生到这个世界上，已经有13个年头了。你从一个哑哑学语的婴儿已成长为一名英俊少年，从一个不懂事的孩子成长为一名中学生。如今的你逐渐甩掉稚气渐变聪明，从幼年走入少年，步入了人类成长的第一个青春期。青春期也是人类凸现男女性别和萌发智慧的最佳时期。你们这个年龄就好比早上八九点钟的太阳一样，正冉冉升起。13岁的少年，豆蔻年华，朝气蓬勃，充满无限的憧憬和梦想，需要倍加珍惜！步入青春期，你就懂事了，看到这里，或许你已经明白了爸爸给你写信的用意了吧！

看着你健康地成长，看到你阳光灿烂的样子，爸爸妈妈心中无比地喜悦。回顾你成长的道路，我们感慨万分。你在襁褓里的时候，喜欢哭闹，爸妈昼夜呵护，累酸了胳膊，熬瘦了身体，乐此不疲；你开始学说话的时候，我们扶你走路，教你识字，不厌其烦；你上幼儿园的时候，是妈妈带着你起早贪黑挤公共汽车，夏天一身汗，冬天冷飕飕；你上学的时候，白天爸爸接送你，晚上妈妈辅导你，等你进入梦乡时，我们才去休息。为了你的成长，爸妈牺牲了所有星期天和节假日，带你去学画画，送你去练琴，陪着你去打高尔夫……为了你喜爱的高尔夫运动，我们与你一起走过了一个个快乐日子和艰难岁月，不论是在烈日炎炎的酷暑，还是在寒风凛凛的严冬；无论是领奖台上的高歌，还是赛场上的失利，爸妈永远同你在一起，为你加油！为你鼓劲！为了培养你，妈妈忘却了自己的青春，忘记了自己的浪漫，全身心地为你的学习成长操劳，对你永远充满着力量和希望！说到这一切，是让你懂得父母培养你、教育你的用心，让你明白和感悟到父母对你的爱。

儿子，你没有辜负爸妈对你的培养和期望。你在学习、弹琴、画画、书法、高尔夫等多个方面取得了多个奖励。你好学上进，刻苦认真，以优异成绩考入北京市重点中学——北京师范大学第二附属中学，学习电子琴3次考试就达到了9级水平，连续3年参加全国和世界级青少年高尔夫球比赛，夺得多个冠军，在高尔夫界已小有名气。这一切都是你努力拼搏的结果，也是对我们、对国家的最大回报，爸妈为你骄傲和自豪！

展望未来，你们这一代是多么的幸福啊！中国已经逐渐崛起于世界经济强国之林，国泰民安，社会繁荣昌盛，以信息化

在昆明石林风景区

为核心的当代科学技术正推动着我们这个社会快速向前。到你们这一代大学毕业的时候，还有八九年的时间。到那时，中国将令世人注目，也是你们大有作为的时候，中国属于你们，未来永远属于你们。

今天你们生活在一个物质丰富的年代，条件优越、信息发达、文化繁荣、环境优雅、机会繁多，比起我们那个年代，不知要好多少倍。你要珍惜这美好的生活条件和学习环境，把精力用在学习上，不断吸取文化精华，丰满自己腾飞的羽翼。实践证明，成功是留给那些有准备的人的。学生时代就是以学习为主的时代，通过学习提高能力和素质，充分做好迎接未来的一切准备，美好的未来正张开双臂等待你们的到来，努力吧，儿子！

进入青春期，你就是一个真正的男子汉了，爸爸希望你：聪明、活泼、智慧、勇敢！

祝你健康成长，不断进步！

爱你的爸爸

2005年11月18日于三亚

在美国第一个暑假后爸爸写给我的信

林林：

爸爸很想你，现在我们通过网络视频联系，可以看到你了，我很高兴。

3个月的假期已经结束了，在你到美国的第一个长假里，经过自己刻苦努力，在高尔夫领域你收获了很好的成绩，也得到了充分锻炼，进步了不少，爸爸看到这一切真为你高兴。你爷爷、奶奶、叔叔、姑姑、姑夫他们知道你取得好的成绩也都为你感到骄傲。

新的学期开始了，这也是你到美国真正意义上的"开始学习"，因为从现在开始你就和美国学生一样，享有学分待遇了，这也是你在美国学习的新起点，所以希望你一定要把握好机会，适应环境，认真学习。爸爸相信你通过努力一定能取得好的成绩。

在新的学期开始的时候自己要静下心来做好计划。规划好下一步学习、打球等事情，把每一步要做的事、做到什么程度、达到怎样的标准，计划好、安排好，以便自己有目的、有目标地做好每一件事。在这方面一定要做一个有心人、明白人，相信你一定能做到的。

在学习方面。要抓紧适应美国的学习环境，最重要的是很快适应语言，因为语言是你适应美国、融入美国最现实的问题，没有语言障碍了，你才能在学习上减少困难。你在美国待的时间短，学习的课程又和国内的不一样，可能会遇到这样或那样的问题，但是不要紧，关键是要正视这一切，到美国去的外国学生都要经历这样一个过程。不要一遇到困难就烦，烦燥会给你增加更多的精神负担，起不到好的作用。要学会从困难当中找乐趣，有好的思想才会有好的结果，要善学乐学，掌握学习方法。课堂上用心听讲，多动脑，多提问题，遇到不懂、不会的问题及时问老师，当天的问题要当天解决，注重提高学习效率，争取在较短的时间内，有所收获。一个西方哲学家说过："人与人之间的差别来自于业余时间，那些取得成功的人善于利用业余时间，就是在业余时间比别人多学了些。"你也要学会平时的积累，这就需要你学会怎样去安排时间、利用时间。只要你在业余时间有毅力坚持多花点时间学习，一定能见成效。如：业余时间里安排出一定时间读汉语书，安排一定时间读英语书，或者哪方面学习较弱就多安排一点时间多学习一些，长此以往，你就会有收获，你就会体会到其中的乐趣。还比如：坚持每天记日记，什么都可以写，锻炼自己的写作能力和思考能力。时间长了，日复一日的积累，你就会在写作、阅读、思维方面有提高。只有在学习上养成一个良好的习惯，把

我的少年 我的高尔夫

功课学深学透学扎实，时间久了你的成绩就会大大提高，而且会超越美国学生。所以你要充满信心，相信自己，经过你日积月累的努力，一定能达到目的。

在打球方面。暑期的各项比赛已经结束，自己可以通过这一假期的比赛对自己打球中的优点和存在的问题有个大概的总结。通过总结制订好下一步系统训练的计划安排，明白自己的真实水平，对自己应该在哪些方面有重点地加强训练做到心中有数。对自己已取得的成绩，不骄傲、不自满，再接再厉，争取在现有的基础上再提高一步。要多加强短杆、推杆的练习，固定好姿势，逐步形成自己的特色，做到始终把握在手。你要特别注重一下每次比赛前的试场，学会把试场与比赛实战结合起来，试场是为了比赛，在试场中就要找出你自己的最佳方法，制订好打球策略和最佳战术方案，防止发生失误。不能把试场和比赛当成两回事，不然试场就失去了意义，就会在比赛后留下遗憾。每次试场一定要细致，要把球场上的每一个角落、每一个因素、每一个容易发生的问题都分析考虑清楚，切实做到万无一失，心有把握。并且还要多研究每次旗杆的位置，制订好每一轮的打法。特别是第一轮比赛完，要及时总结，改正不足，为下一场比赛做好准备。还有在练球或比赛时打球失误了，不要"生气"，要静下心来多想想办法，学会用脑思考，放松减压，养成良好的心理素质。在比赛时，不要盲目地采取行动，否则，将付出沉重的代价。

要学会坚强和专心。坚强是成就人事业的动力。你在美国和在国内不一样，你的学习、生活、打球等需要比在国内付出的多，因为你从一个熟悉的环境走到另一个不熟悉的环境，需要付出成倍的努力，这个努力就需要你有坚强的毅力。目前，摆在你面前的问题、困难可能很多，但不要着急，从基础入手，慢慢做起。学会扎扎实实地做事，专心致志地完成每一项任务，一步一个脚印地往前走。遇到这些困难是正常的，只要你有知难而上的精神，有不被困难所吓倒的精神，经过自己不懈的努力，你的理想就一定能实现。

还有，做事一定要专心，不要"这山看着那山高"，做着这事想着那事，心不在焉，每件事都做不彻底，结果可能不会成事。练球时，要珍惜训练时间，把训练时间利用好使用好，排除一切干扰和杂念，聚精会神地练好每一个动作。

成功者有一条原则就是善于发现自己，就是善于发挥自己的优点去争取优异成绩。你既然选择了高尔夫运动这个爱好，你就要加大培养自己的兴趣，有了很好的兴趣，你就会坚持自己的方向，刻苦而努力。美国学习这条路是一条艰难的路，不是很容易的，但你不要被困难所吓倒，你要树立敢于吃苦的精神，就像高尔基所说："当你回首往事时，不因碌碌无为而悔恨。"爸爸相信：你一定能行的，一定能够取得优异成绩的。你也要充满信心啊！为了你的成长，我们共同努力！

祝你学习进步！球技进步！

爸爸

2007年9月13日晚于北京家中

在第一次回国前
妈妈写给我的一封信

帅帅：

　　时间过得真快，我回国已经有两个多月了，我和你爸爸都很想念你。其实，你这次在圣诞节回国，我们都想让你多待上几天，因为大家都很想念你。可是，因这个假期比较短，如早回来的话，还要和学校请假。我认为请假时间太长，会对你的学习有影响。所以，我再三考虑你提前一周回国就可以了。你可能怪妈妈有些"武断"，好像不理解你，其实我也想让你和家人及你的同学们多待段时间。可是你还得要学习、练球比赛啊，况且，你的同学们都没有放假，又临近期末复习，人家的时间也很紧张，等你以后有时间的话，我会让你多回来几趟，玩个够，这次请你理解妈妈的心情好吗？

　　我不在美国，所以一切事情就需要你自己去处理了，这也是锻炼你自己自立能力的一个好机会。听说，现在所有的事情基本上都是由你做，妈妈听后非常高兴，妈妈感觉到你长大了、成熟了，像个男子汉了。所以，为了你能尽快地适应美国的生活，目前你还要学会处事的方法。一是与外界联系要靠你自己，要学会表达，而且要能把事情说清楚、搞清楚；二是锻炼自己的独立能力，一切事情都要靠自己去处理，按照规律和程序去处理自己遇到的事情。每个人都不是一个永远独立的个体，人生活在这个世界上就要与人打交道，就要经常处理自己周围的事情，学会处理好人际关系，培养自己的办事能力，会处事，这些都能体现出一个人的能力和素质。你从小就能远渡美国，见多识广，你与国内的同龄人相比就强多了。

因你第一次回国，为了万无一失，所以就需要你去咨询办理回国事情的程序。办理这些事情，你可能会遇到这样或那样的困难，但你不要着急，要安下心来把事情理好头绪。先办什么后办什么，自己心里要有一个计划，不能糊里糊涂去办。只要按照正确的计划一步一步地做，就能有效地完成你的愿望，达到你预期的目的，不至于跑冤枉路、耽误时间。帅帅，你不要被困难所吓倒，不要遇到事情就烦躁。妈妈相信你，通过你自己的努力，你一定会把这些事情办好的。当你办好这些事情时，你会有一种成功的感觉。你会感到你行，你很伟大。而且你会通过办理这些事情增加你的自信心并终生受益的。妈妈等待你的好消息。

你有想法、愿望这很好，妈妈也很支持你，这也证明你长大了。但这些想法、愿望一定要合情合理，要从全局考虑。你慢慢长大了，要理解大人的心情。这段时间在外语等课程上你表现得不错，妈妈很高兴，你爸爸听了也为你高兴。希望你继续努力，争取所学课程都能达到A水平。妈妈相信你，经过你的努力一定能达到。洛杉矶的天气开始慢慢变凉了吧，你要注意身体。还有你在练球方面还要多下些功夫，为以后的比赛作好准备，争取明年在AJGA的积分上更上一个台阶，为将来你考上理想的大学做好准备。让我们共同努力吧！

祝你不断进步！

爱你的妈妈

2007年10月15日于北京

为汶川地震灾区组织募捐，爸爸写给我的信

林林:

　　听说你正在倡议为汶川地震灾区组织募捐活动,这很好,我非常支持你!汶川大地震造成了巨大损失,伤亡惨重。几天来,我一直沉浸在悲痛之中, 全国所有电视台全部都是24小时不间断地滚动报道灾区的情况, 每一次看到电视的画面, 我都泪流满面, 地震带来的灾难让人难以致信。国内很多好心人, 很多单位、学校、机关等社会团体都在纷纷捐钱捐物, 伸出援助之手, 献出一片爱心。我在单位也为灾区主动捐款捐物,支援灾区抗震救灾。你在美国组织这样一个活动是非常必要的, 是很有意义的, 应该为国内的灾民做一点事情。你是一个中国人,当祖国有难的时候, 在海外的华人也应背负起支援的责任。同时, 通过组织募捐活动可以表现自己的爱心, 提高自己的组织

我的少年 我的高尔夫

能力，还能给你带来一定的社会影响，提升你在学校和球场中的威信，这是一件好事，祝你成功。

儿子，爸爸想你！祝你进步！

爸爸

2008年5月22日

爸爸的教诲

林林：

　　爸妈很想你!

　　你妈回来后和我谈了你在美国的学习、生活、打球的一切情况，知道你已经适应了美国生活，并在今年以来的比赛中取得了较好的成绩，我感到高兴！也祝贺你！这些进步和成绩都是你坚持、努力的结果，通过这段时间的学习、比赛，可以总结出一条道理：功夫不负有心人，拿到冠军是需要付出汗水的！

　　今天我发去此信，想和你谈谈如何适应下一步的一些问题。

　　要学会自立自强。你现在这个年龄已经具备了自立自主的能力，过去，你外出都是妈妈帮你打理一切，现在就全需要自己去做了，你要学会自己事自己去做，做事之前要想周全、准备充足，防止丢三落四。要学会如何去生活，按照时间顺序、有计划有步骤地安排好一天的活动，不能漫无目的地去做事，那会乱了生活的节奏，却毫无收获。

要学会计划安排。不论是学习还是比赛，或者是休息娱乐，都要有个计划。比如：每天要学习多长时间，学习哪些内容，学习的重点是什么，达到什么样的程度，都要做到心中有数。还比如：处理好平时练球和比赛的关系，平时如何练，练多长时间，练哪些重点动作，改正哪些易犯毛病；比赛前要做哪些准备工作，都要用脑去计划设计，不能有任何的随意性。养成一个善做计划的习惯，你就收获了整个的愿望。要学会控制和管理自己，不能玩起来就没完没了，贪玩是孩子的天性，但一定要有节制。

要学会思考问题。要善于观察事物，从深层次上思考问题、研究问题。有的人做事老练、成熟、大气；有的人的形象使你佩服，这时，你就要学会观察和思考他们是如何做到的，如果你处在这种情况下，你会有什么样的表现，你会对周围人们产生怎样的影响。比如：你看到一篇好文章，你就要知道这篇文章好在什么地方，如果你要写这篇文章，你会有这么好的想象和思路吗？这就是你比别人高超的一面。

你打球时也要学会这种思考方法，善于总结自己的优缺点，在总结中悟出道理、悟出方法，时间久了，滴水穿石，你就是一个胜利者。

要学会吃苦耐劳。我现在感到练高尔夫球是一项非常辛苦的运动，不是一件很简单的事，你自己肯定有很深的体会。一些成名的高尔夫球明星都是苦练出来的，没有捷径可走。所以你在美国一定要树立吃苦的精神，善于吃苦，乐意吃苦，苦练加巧练，在苦中求乐。怕吃苦是不会有作为的，你要付出比别人更多的精力和耐力，不厌其烦地练习每一个动作，把自己练成一个有决胜把握的高尔夫球手，你就做到家了。

要学会讲话礼貌。你诚实、善良、老实，但在美国这个社会里，要学会相互的尊重，你年龄小，要尊重大人，说话也要讲究艺术，讲同一句话，有的人讲出来就好听，有的人讲出来就让人有些反感，这就是讲话的方法问题。所以你与别人相处时要"三思而后行"，就是做事之前想好了，觉得可行才去做，你要记住啊。

你是一个大孩子了，爸爸相信你会做好一切的。

祝你学习进步，生活愉快，打球快乐！

爸爸

2008年8月21日深夜于北京家中

爸妈写给教练Eric夫妇的信

Dear Mr. and Mrs. Eric,

When you open this letter, Shuai has been your house already. First, let Shuai represent us to say hi to you! At the beginning of 2009, please accept our blessing from other side of the Pacific Ocean! Happy new year, and good luck! Hope everything goes well!

We really glad and thanks that Shuai can stay in your house. In these two years, Shuai get a lot of help from you, we really appreciate that!

His mam can't go to American this time, so, we hope you can be rigorousness on him, let he get the good habit on study and live. Especially on golf, when Shuai live with you, he will have more time and chance to learn and share golf with your. We believe, after the exert himself, Shuai will have a big break on the school work and golf.

Also, we have two little things to talk with you:

1.Shuai still can't drive, so that is a big problem for him to go everywhere. We hope you can take and pick up Shuai to school and golf tournament when that does not affect your normal work. We will pay the money for that.

2.Shuai's cousin is 16 years old, and he have go to 9th grade already. the height is 188cm. He have a good grade. We want him to go to the same school with Shuai. So could he stay in your house also?

We let Shuai take some presents for you, and thanks for all the help!

We really welcome you to China again, to go other places to have a look. Hope to see you again!

Best!

Shuai's Father.

Jan.8.2009

金泓高尔夫比赛后爸爸写给我的信

林林:

　　你写的在美国伯克利大学参加金泓高尔夫比赛的总结，我和你妈都看了，写得非常好!看后，让我们对你刮目相看，令人欣慰，我们为你写出这么好的文章心感高兴!

　　你这篇总结，反映了你在美国两年来的学习与进步，我们感到你逐步地成熟，有了自己的思想和主见。也体现了你对问题的用心思考和潜心分析。特别是你对整个文章的构思、语言的组织、总结性语句、对事件的概述等都非常大气和深厚，从中看出你在写作方面提高不少。整篇文章用词准确而新颖，透出你思维的宽度和想象的高远。你能够从个体延伸到整体，从一点看到全面，还能从美国历史印记联想到中国未来的发展，并把自己的爱国情怀贯穿其中。短短的文章，彰显出你的聪明才智。这篇文章确实写得不错。

　　我常给你讲："成功是为有心人准备的!"一点不错，

只要付出努力，用心去实践生活，用心去对待每一件你自己要做的事情，你就一定能够收到满意的收获。在妈妈不在美国的这些日子里，你自己学会了独立生活，学会了自己处理事物，学会了自我管理，学会了如何面对困难，你逐步在艰难中学会了应对一切，这是你在人生道路上走向成功的宝贵财富。这可能是上天的安排，让你有这样一段日子，在生活中学会自立、自强。所以，这样的锻炼不一定是坏事，你应该把这一切当成人生的一次历练。相信你，一定会在逆境中不断成长、不断进步。

接下来的时间，是你考虑今后如何进入大学的日子。首要是把学习搞好，一个人有了知识，就有了追求高质量生活的把握，没有文化是不会有作为的，你非常明白爸妈送你去美国的目的，所以一定要按照自己的计划和目标不断努力，一步一个脚印地做好每一件事。你已经具备了打好AJGA的条件和能力，关键是调节好心态，敢打敢拼，把高尔夫的成绩再提高一步。你现在的状态和成绩都很好，我特别相信你不但在学习上有好的成绩，你一定会在高尔夫球比赛中有好的表现。儿子你很优秀，爸妈为你高兴和自豪。

爸爸很想你，圣诞节慢慢地临近，全家人都等待着你的归来！！！

祝儿一切顺利！

爸爸

2009年11月10日

爸爸的嘱托

林林：

　　这一段时间爸爸很想你，经常作梦梦到你，虽然可以在视频中看到你，还是感到不如在眼前那样现实。

　　从最近与你的谈话中，感到你成熟了很多，独立生活能力很强，处事的自主性很好！我感到非常的高兴。你一个人在美国，没有父母和家人的陪伴，没有亲人的帮助，全靠自己独立生活，做到这些是很了不起的！林林，你已经长大了。经过一年多的独立生活，现在在你身上显现出很多优点，比如：你的语言表达能力有了明显的提高，表达事情比较完整准确、清楚易懂。你的处事能力也有了明显加强，遇事冷静，善于思考判断整体情况，能有序地分析问题，能够抓住主要矛盾，很有独到之处。人的聪明体现在能力上，能力强才是有素质的表现。

　　SAT考完后，要把多一些精力放在练球上，特别要让教练多给你上些短杆和推杆的课，在用脑打球和超技术动作上下功夫，掌握高尔夫的技巧打法和进攻策略，练好心态，不慌不乱，始终掌握主动。你也可以多安排一些比赛，通过参加比赛，从中检验训练效果，并增长比赛经验。

明年你就要选择大学了，你现在要在上大学和选择专业上有所考虑，按照你自己的爱好与大学高尔夫球队的状况选择喜欢的大学。你现在要多了解一些有关大学的事情，提早拟写出向大学推荐自己的介绍信模板，准备好充足的资料，以便在向大学介绍自己时，把全面的资料介绍给人家。这样做既省事又及时，让大学看了会满意。

你把学习放在第一位，打球放在第二位是正确的，打球是为了选择更好的大学，学习好也有助你更好打球。在选择大学时，要选择最好的大学，没有奖学金也要上最好的大学，选择你喜爱的专业。爸爸就希望你成为有文化、有素质、有能力的人。

一人在外，要多懂脑子，多思考问题，遇事冷静，谨慎小心。爸妈不在你身边，要学会自己照顾好自己，吃饭不要太简单，你正是长身体的时候，打球又累，吃不好是不行的。外出乘车要注意安全，特别是美国车多，过马路时要小心，自己开车时要多注意安全，希望你平平安安。

祝你一切顺利！

爸爸

2009年11月23日晚于北京家中

2010年暑假爸爸写给我的信

林林：

你好！

现在你在美国已经放假了，因这次放假你不回国，我想在这个假期里你一定要有计划地安排好自己的生活、学习、打球等事宜，做到既快乐度假又有收获，为此给你以下建议：

1. **要静下心来，为这个假期做好计划设计**。做到每天干什么都有计划安排，假期计划作得既不紧张忙乱，又不松垮无度。作计划要以你达到的目标为基准，主要以你上什么大学、学什么专业为目的，不作无效无为的计划。这个假期最好把精力放在上大学的准备上，有重点地做好你需要或是必须做的事情，比如：补习课程和考SAT等等。

2. **要勤于动脑，学会和掌握科学的学习方法**。世界上的知识浩如海洋，无穷无尽。你在中学要学的知识也非常广泛，人的精力是有限的，在一个较短的时间范围内不可能全部掌握，要想掌握这些知识需要有良好的学习方法。一是掌握重点，要在重点问题上下功夫，做到领会贯通，有些还必须死记硬背。二是掌握纲要，有些知识不需要全面掌握的，要记住纲目和主要内容，记忆在脑子里就可以了。三是要善于理解性地掌握知识，既要理解其内涵和背景，又能与其他知识相链接、相融合，让你的学习最大化。四是考试需要你学习的知识必须掌握搞懂、搞明白，把考试成绩提高。总之，学习不能死板教条，要灵活机智。

3.**要善于吃苦，在这个假期要把高尔夫练好**。这个假期高尔夫比赛对你来说是非常重要的，对你报考大学是有意的，你必须知道这个重要性，高尔夫应该成为你上大学的借力。假期里要很好地规划自己的训练和比赛安排，请教练多给予指导，要伏下身子，刻苦训练，把精力用好，练1个小时就要有1个小时的收获，横下心来下番功夫。今年不是图安逸的年份，是需要拼搏的一年，要多参加几场比赛，通过比赛提高自己的竞技水平。只有努力了，才不后悔。爸妈不在你身边不能去关心照顾你，你要自己安排好一切，做一个心中有数的明白人。

4.**要尊重他人，学会尊重关心是一种美德**。见过你的人都夸你有礼貌懂事，这是你的优点。你已经18岁了，就要走入成人的行列了，要学会与人打交道、处关系，知识不只是来自书本，其实每个人都有自己的优点，每个人都是一部无字之书，都有我们学习的长处，所以尊重别人就是尊重自己，关心别人也会得到别人的关心。比如，有人给你打电话时，可能没有接到，但无论多忙，事后也要回复说明，包括电子邮件，要答复

我的少年 我的高尔夫

人家，这样才能让人家尊重你。要经常给家里来个电话报报情况，你一个人在外，家里人既想你又惦记你，你要理解家人的心情和对你的关爱，这要养成良好的习惯。

祝你一切顺利，精神愉快，不断进步！

爸爸

2010年6月8日深夜于北京家中

后　记

　　我4岁的时候，爸妈为了培养我的兴趣爱好、开发智力，让我开始学习电子琴、书法、绘画等。那时我饶有兴趣地学个不停，爸妈也乐此不疲。电子琴考级，我用了不到3年的时间，分4次考试就通过了业余9级。书法和绘画，还参加了北京市乃至全国的青少年比赛。

　　正当我如火如荼地练习这些"爱好"的时候，事情却有了"跨领域"的转移。在我9岁的时候，意外接触到高尔夫这项运动，让我爱不释手、兴趣高涨，以至于后来让我放弃了以前所有的爱好，全身心地投入其中，并改变了我的成长轨迹。

　　2001年的国庆节，我爸爸的好朋友金宏伟叔叔，建议让我学打高尔夫，那一天，我随他来到位于北京亚运村的北辰高尔夫练习场，他把我介绍给中国著名的高尔夫教练赵贻贤老师，后来赵老师成了我高尔夫运动的启蒙教练，成了我高尔夫的领路人。赵老师是中国第一位从事高尔夫教学的体育教授，他德艺双馨，造诣非凡，中国第一部高尔夫教程就是他和夫人胡枚

我的少年 我的高尔夫

阿姨编著的。他从事高尔夫教学近30年，培养了许多高尔夫学生，现在有的正在从事高尔夫管理事业，有的已经成为中国的知名球手。他非常喜爱和关心学生，教育方法独特，循序善诱，简单易懂。正是由于赵老师的精心指教，才让我爱上了高尔夫运动，并走上了这条大道。

后来，我又师从高尔夫教练宋庆礼、魏京生和崔小龙老师，得到了他们的精心培养、全面传授，受益匪浅。宋庆礼老师是中国唯一的得到国际高尔夫PGA和中国高尔夫协会认证的教练，是中国高尔夫球队的总教练，2010年被国际高尔夫组织评为100位世界著名的高尔夫教练之一，大家可见他的厉害，他有真识卓见，理论深厚，我高尔夫技术的突飞猛进得益于他规范完整的教学理念，以及科学有效的教学方式。魏京生老师给了我许多帮助，他平易近人，要求严格，他"自然—顺畅—完美"的教学方法，置于我深深的记忆。崔小龙老师给予我的是他对高尔夫运动更多内涵的理解，他在从事高尔夫运动之前，是北京市很有名气的体育健将。他善于用心动脑，细心琢磨，深钻细研，对高尔夫有较深的研究体会，后来他逐一传授给我，以至于后来我在美国感受到他的理念与世界级教练同步。

在我学习高尔夫的道路上，得到了许多人的关心和支持。中国高尔夫协会张小宁秘书长、王立伟副秘书长、国家体育总局青少年发展司郭建军司长、河北高尔夫协会王国强主席一直对我热情关怀，大力支持；北京大学苏东波教授还专门给我提供球场会员卡，鼓励我成长；北京天一高尔夫俱乐部的总经理毕剑萍阿姨，对我关爱有加，为我提供免费训练。后来，我踏上了赴美国的求学之路。在美国高尔夫王国里我又得到了许多关心我、支持我的好心人的大力帮助。在美国我受到了华裔教练汪志毅的精心指导，得到教练Eric的全力辅导。尤其是洛杉机蒙特利公园市华人协会主席林达坚先生给予我很多鼓励和关心。他们的支持、鼓励和关爱，让我在成长的道路上"扬鞭策马"。

我喜欢读书学习，在浩瀚的知识海洋中汲取营养，增长智慧。在我如饥似渴学习的同时，也会在本本上记一些东西，写一些感受和体会。2010年我年满18岁，圣诞节回国，正好爸爸看了我写的一些东西，建议我编个小册子与大家共享，我听后不敢。我觉得，虽然国内一些媒体对我在高尔夫方面有一些报道，也仅仅是比赛的"实况转播"，没有什么稀奇的；虽然自己写了一些东西，但文笔笨拙，功底浅陋，实在是不能公布于众，登不上大雅之堂。爸爸多次鼓励我：在你成长的道路上，有那么多人帮助支持你，编个小册子也是对他们的回报；你所走过的这条人生之路，对国内的青少年或许也有一定的激励和借鉴作用；你已经18岁了，18岁意味着你已经成为名副其实的男子汉了，编个小册子也是对你青少年时期最好的总结。于是，就有了这本《我的少年　我的高尔夫》。

在这里，我真诚地感谢我爷爷、林高俊伯伯、赵贻贤老师和金宏伟叔叔为此书主笔作序，感谢他们的支持、鼓励和关爱，他们的序，使本书锦上添花。感谢我的高尔夫教练赵贻

我的少年 我的高尔夫

贤、宋庆礼、魏京生、崔小龙、汪志毅、Eric老师！感谢给予我

大力支持的张小宁、王立伟、郭建军、王国强、林达坚、金宏

伟、苏东波先生和钟慧女士以及其他许多帮助支持我的人们！

感谢中国高尔夫协会、河北高尔夫协会、北辰高尔夫俱乐部、

北京天一高尔夫俱乐部、新浪网、Titleist（中国）公司、《高尔

夫》和《高尔夫大师》杂志对我的关心！

我要特别感谢给予我生命和挚爱的爸爸妈妈！

感谢中国言实出版社对我的帮助！

武　帅

2012年9月

赴美前部分高尔夫比赛成绩

2002年北京窑上高尔夫"迎春杯"比赛C组冠军；

2003年北京"马基高杯"高尔夫开场赛冠军；

2003年Callaway世界青少年高尔夫选拔赛中国赛区冠军；

2004年5月北京R.A.A名人赛第二名；

2004年7月加拿大BC区高尔夫比赛五站总冠军；

2004年8月中国青少年高尔夫锦标赛第三名；

2005年2月中国青少年高尔夫公开赛冠军；

2005年8月全国青少年锦标赛冠军；

2005年9月代表中国参加在日本举行的世界青少年对抗赛获第三名；

2005年10月沃尔沃中国青少年高尔夫冠军赛第三名；

2005年11月代表国家青少年高尔夫球队参加宝马亚洲公开

我的少年 我的高尔夫

赛与世界高尔夫明星配对赛获得第三名；

2006年5月中国青少年首届比洞赛冠军；

2006年7月代表中国参加在英国举行的世界青少年公开赛取得银组第三名；

2006年8月参加美国AGJA和CBAGJA青少年高尔夫6站比赛，取得3个冠军、2个亚军、1个季军；

2006年沃尔沃中国青少年冠军比洞赛第三名。